Paul Katsitis

AF206886

Mykonos Crime 10
Abseits

Paul Katsitis

Mykonos Crime 10
Abseits

οφσάιντ

Bisher erschienen in dieser Reihe:

Mykonos Crime 1 Die Bestie von Mykonos
Mykonos Crime 2 Rache
Mykonos Crime 4 Der Drei-Sterne-Mord -vergriffen
Mykonos Crime 5 Tattoo
Mykonos Crime 6 Skalpell
Mykonos Crime 7 Hass
Mykonos Crime 8 Sturm über Mykonos
Mykonos Crime 9 Die Maske

Andere Mykonos-Bücher siehe Buchende

Impressum
Titelbild: istockphoto
Copyright Paul Katsitis 2019
ISBN 9783748122098
Herstellung und Verlag:
BoD - Books on Demand, Norderstedt

Jeder Band behandelt einen abgeschlossenen Fall, sodass die Bände nicht in der Reihenfolge gelesen werden müssen.

Alle Bücher der Serie wurden in Griechenland gesetzt. Da griechische Setzer keine deutschen Fehler erkennen können, finden sich in dem Buch sicher mehr Fehler als in einem normalen Buch. Aber so bleiben wenigstens ein paar Euro in Griechenland.

**Handlung und Personen sind frei erfunden.
Die genannten Vereine Olympiakos und Panathinaikos werden nur als Beispiel für Rivalität im Fußball genannt. Sie haben mit den im Buch aufgeführten Praktiken nichts zu tun. Allerdings ist die gegenseitige Abneigung nicht annähernd vergleichbar mit anderen Ländern.**

Alexandros Nikakis (früher Galis), 35, war leitender Kommissar auf Mykonos und ist verheiratet mit

Angelos Nikakis, 29, war Hauptkommissar in Thessaloniki.
Nach ihrem Kennenlernen beschlossen beide, auf Mykonos eine Privatdetektei zu eröffnen. Um die Kosten für eine Kommissar- bzw. Stellvertreterstelle einzusparen, ermitteln Alex und Angelos im Auftrag der Gemeinde gegen Honorar. Ein guter Deal für beide Seiten. Seit wenigen Monaten ist Angelos auch Bürgermeister.

για *A*

1

„Nun gib doch endlich ab, du Idiot. Rechts ist frei", schrie Kostas Andritsos. Nicht zu fassen. Alles Dilettanten. Andritsos schüttelte den Kopf. Was zum Teufel mache ich hier? Es war schon Abend, und die Temperatur lag bei gerade mal 12 Grad. Vielleicht die Erklärung für die dürftigen Leistungen auf dem Platz. Was kann man auch erwarten. Es war ein Spiel der vierten griechischen Liga, Sektion Kykladen, zwischen dem AO Mykonos und Syros. Das Niveau entsprach der Spielklasse und den Temperaturen. Kostas Andritsos zitterte am ganzen Körper. Seine eigene aktive Zeit lag schon gut 25 Jahre zurück. Immerhin hatte er es bis in die höchste Klasse gebracht, der heutigen Super League. Damals war die Fußballwelt noch in Ordnung. Eintrittspreise, die man sich noch leisten konnte und Spielergehälter, die im Bereich eines normalen Arbeiters lagen. Nein, stimmt nicht. Wir wurden besser bezahlt, vor allem unter der Hand, dachte Andritsos. Und heute? 100 Millionen Euro für einen Spieler. Davon konnte man früher drei Stadien bauen. Und diese unsäglich dämliche Werbung. Ein Spiel mittags um eins, das nächste um drei – bei im Sommer höllischen Temperaturen, nur damit das Fernsehen möglichst viel für sein Geld bekam.

Aber Andritsos war ein Heuchler. Er verdiente mit dem „neuen Fußball" mehr Geld als früher als Spieler. Viel mehr.

Und deswegen war er auch hier. Er wollte noch einmal Lakas Sofianidis beobachten, einen 16-jährigen Jungen, der wirklich über Talent verfügte. Er war Andritsos aufgefallen – Dieser lebte seit einigen Jahren auf Mykonos. Das Klima war deutlich verträglicher als in Athen. Und so besuchte Andritsos regelmäßig Spiele auf den Inseln und besonders die von AO Mykonos. Und bei einem dieser Spiele hatte er sofort erkannt, welches Potential in Sofianidis steckte. Ein Juwel. Und offensichtlich verirrten sich Scouts nicht auf die Kykladen. Vierte Liga? Was soll da schon zu finden sein? Und ganz verkehrt war das nicht. Talente werden in der Regel von ihren Eltern frühzeitig nach Athen, Piräus oder Saloniki geschickt.

Gegen Geld. Kinderhandel.

Aber offensichtlich hatten weder Sofianidis´ Eltern, noch seine Trainer den Wert des Jungen gesehen.

Aber er – Kostas Andritsos. Er hatte schon immer einen Blick für Talente, die man nicht sofort als Superfußballer einstufen würde. Was hilft das spektakulärste Dribbling, der fünfte Hackentrick, wenn es dem Spieler an der räumlichen Übersicht fehlte, er also das Spiel nicht „lesen" konnte. Und das war die Stärke von Sofianidis. Er antizipierte, wie man heute sagt. Natürlich stand er damit allein auf dem Platz. Der Rest waren Hobbyfußballer ohne jeden Ehrgeiz und mit zum Teil erheblichem Übergewicht. Von Fitness gar nicht zu sprechen.

Andritsos schaute sich um. Das Kouros-Stadion in Ornos war eine Bruchbude. Irgendjemand hatte mit einem Eimer Farbe freihändig „AO Mykonos" auf eine Betonwand geklatscht. Schief wie jede Wand in dem bröseligen Areal.

Andritsos sehnte sich nach Athen zurück, in „sein" Stadion, das Karaiskakis, Heimat von Olympiakos Piräus. Dem Verein, für den Andritsos sein Leben geben würde. 44 Mal griechischer Meister. Heuer hingegen war es eine Alptraumsaison. Man wurde hinter PAOK Saloniki nur Zweiter. Immerhin hatte der Dauerrivale Panathinaikos Athen noch schlechter abgeschnitten. Das war fast wichtiger als der Meistertitel. Andritsos hasste Panathinaikos.

Er war in Gedanken und bekam nicht mit, dass Sofianidis einen Ball aus 30 Meter ins rechte Eck des Tores drosch. Ein Kunststück. Zeig nicht zu viel davon, dachte Andritsos. Jetzt wäre zu viel Aufmerksamkeit schädlich. Doch der Schlusspfiff machte dem Trauerspiel ein Ende. Der Junge muss sofort hier raus, sonst wird das nichts mit seiner Karriere. Andritsos ging vorsichtig die Stufen der Tribüne hinunter. Die Stufen waren teilweise zerbrochen oder sie fehlten ganz. Es war ein Jammer. Selbst auf einer reichen Insel verrottete die Infrastruktur.

Aber Andritsos konnte nicht sofort nach Hause. Er musste noch mit Sofianidis sprechen. Und dies, ohne dass es jemand anders sieht. Hieß: warten, bis alle das Stadion verlassen hatten und das würde dauern.

Andritsos seufzte und lief in die Katakomben, denn dort war es wärmer. Von wegen verträgliches Klima.

Er ging gerade an einer Türe vorbei, als er hinter sich jemand schreien hörte.

„Na, Andritsos? Was macht ein Olympiakos-Schwein in unserem Stadion?"

Andritsos drehte sich um, aber er konnte niemand sehen. Raus hier, ich muss zurück. Es war die falsche Entscheidung.

Der Holzprügel traf ihn mit voller Wucht im Gesicht. Der Schädel zersplitterte und die Einzelteile schossen ins Gehirn. Er war sofort tot.

Der Mann mit dem Prügel stand über dem Toten. Er holte aus dem Raum daneben eine Tüte. Er griff hinein und legte ein Hühnchen auf das Gesicht des Toten.

Es war der 8. Februar 2018.

Gate-7-Day.

2

Im Haus der Herren Nikakis in Ornos herrschte dicke Luft.

„Wenn du mich weiterhin wie einen Schwerkranken behandelst, sterbe ich wirklich", schnaubte Kommissar a.D. und Bürgermeister Angelos Nikakis.

„Ich kann nicht den ganzen Tag auf der Couch verbringen und ich weigere mich, weiterhin diesen blöden Mundschutz zu tragen."

„Was für ein renitenter Patient", entgegnete Angelos´ Ehemann Alexandros, kurz Alex, Nikakis, der zweite Ex-Kommissar im Haus. Sie lebten zusammen, sie arbeiteten zusammen – als private Ermittler auf Mykonos, wodurch die Insel keine eigene Kripo unterhalten musste.

„Du hattest eine Lebertransplantation …"

„Eine Teil-Lebertransplantation. Und das Ding funktioniert hervorragend, die Laborwerte sind optimal", unterbrach Angelos Alex.

„Ja. Und dein Immunsystem ist durch die Medikamente außer Betrieb. Jede Infektion…"

„Ja, ja. Ich könnte auch während eines Einsatzes sterben. Knapp war es ja öfters. Das wäre immer noch besser, als in dem Nachbau einer Reha-Klinik langsam zu Tode gepflegt zu werden", schimpfte Angelos weiter.

Alex merkte, wie ihm selbst langsam der Kamm schwoll. Das war mehr als unfair. Seit über vier Wochen kümmere ich mich nun um Angelos und als Dank erhalte ich einen veritablen Anpfiff, dachte er. Und wie immer konnte Angelos Alex´ Gedanken lesen.

„Signomi. Entschuldigung. Ich bin unausstehlich, ich weiß. Aber du kennst mich. Ich brauche Beschäftigung. Action. Die Befriedigung, etwas getan zu haben. Außerdem ist der Stapel auf meinem Schreibtisch im Rathaus einen Meter hoch!"

„Jetzt übertreibt der Herr Bürgermeister aber gewaltig. Mantzaris als dein Stellvertreter hat alles gut im Griff!"

Angelos brummte nur, was gewöhnlich hieß: du hast recht.

„Und morgen musst du ohnehin arbeiten", sagte Alex.

„Morgen? Was ist morgen?"

„Ich glaube, du leidest doch an Spätfolgen. Morgen ist die Flughafen-Einweihung. Da sollte der Bürgermeister wohl anwesend sein!"

„Oh Himmel. Das wird wieder ein Glatteis-Termin. Lobe ich die Deutschen, gibt es Ärger mit den Griechen, lob ich sie nicht, ist Fraport sauer!"

„Ärger mit den Griechen? Bist du keiner?", fragte Alex amüsiert.

„Ich bin ich. Das reicht mir. Wenn, dann bin ich ein außerordentlich schöner Grieche!"
Alex lachte lauthals.

„Dem Herrn Bürgermeister geht es schon besser, wenn er zum Selbstlob ansetzt!"
Angelos grinste.

„Stimmt es vielleicht nicht?"

„Darauf falle ich jetzt nicht rein!"
Angelos lachte.

„Schade. Du weißt, wie gerne ich gelobt werde!"

„Oh ja. Und seit dem ersten Tag tue ich nichts anderes", sagte Alex.

„Und ich meine es immer ernst!"
Angelos stand auf und küsste Alex.

„Das weiß ich. Ich werde auch bald wieder pflegeleichter. Versprochen!"
Nach einer kurzen Pause fügte er hinzu:

„Sag mal, wie lange dauert das Sexverbot noch?"

„André meinte, zwei Wochen nach dem Fäden ziehen. Das wäre Samstag!"

André war der Chefarzt der Hygeia-Klinik auf Mykonos – und der Organspender.

„Noch drei Tage? Nichts da. DAS wäre wichtig für meine Genesung oder siehst du das anders?"

Alex lachte.

„Ich habe garantiert nichts dagegen!"

Das war eine Untertreibung. Alex hatte Angelos die letzten Wochen verwöhnt, aber er selbst ging leer aus, weil sich sein Ehemann nur eingeschränkt bewegen konnte und durfte.

Alex verschränkte die Arme.

„Weiß der Herr Bürgermeister überhaupt noch, wie es geht oder hat es das auch gelöscht?"

Angelos grinste.

„Unverschämtheit. Du wirst um Gnade flehen!"

„Oh ja, bitte!"

3

Der Mann bog in Ano Mera links ab und folgte der Straße in Richtung Foko. Nach wenigen Minuten erreichte er das, was so mancher Touristenführer als „Grand Canyon von Mykonos" bezeichnet, einen schroffen Taleinschnitt, an dessen Ende ein natürlicher See liegt. Der einzig grüne Fleck auf der Insel. Zumindest dann, wenn die Sommerhitze nicht alles verbrannt hat.

Der Mann hielt auf der Brücke an und stieg aus. Niemand zu sehen. Klar, es war Februar und lausig kalt. Und selbst im Sommer gab es Tage, an denen man hier alleine war. Ein Geheimtipp und das Gegenstück zum Rummel der Stadt.

Der Mann öffnete seinen Kofferraum und nahm einen blutverschmierten Baseball-schläger heraus. Er schleuderte ihn in hohem Bogen Richtung Wasser.

Die Tatwaffe war beseitigt.

Der Mann hielt inne und war mit sich im Reinen. Andritsos, dieses Olympiakos-Schwein, war endlich tot.

Wenn es nach ihm ging, würden mehr folgen.

Angst, erwischt zu werden, hatte er keine.
Keine Tatwaffe, keine Zeugen. Und Panathi-
naikos-Fans gab es Tausende auf dieser Insel.
Und außerdem war er ein guter Bekannter
von Alexandros Nikakis, der einer der beiden
Ermittler sein würde. Er würde seinen Kollegen
bremsen. Halt, die zwei waren ja verheiratet.
Früher hätte es das ...
Und dann war Angelos Nikakis auch noch
Olympiakos-Fan. Zumindest hat man ihn
einmal mit dem rot-weißen Trikot gesichtet,
was unter den Panathinaikos-Fans größtmög-
lichen Unmut hervorrief.
Aber egal, dachte der Mann.
Sollen sie es ruhig für einen Mord unter zwei
Fanlagern halten. Wäre nicht der erste in der
langen Geschichte der Feindschaft zwischen
den beiden Vereinen und Fans.
Damit würde der wahre Grund, das wahre
Motiv, unentdeckt bleiben.
Denn der Mann hatte noch eine private
Rechnung offen mit Herrn Andritsos.
Nun – sie war beglichen.

4

Alex quälte sich ins Auto wie ein alter Mann, dabei war er erst 35. Er zog sich am Lenkrad hoch und setzte sich vorsichtig auf den Fahrersitz.

„Hast du Probleme?", fragte Angelos lachend.

„Ja, habe ich. Mein Ehemann ist ein Monster."

„Ich kann auch nichts dafür, dass er größer ist als der von André. Oder?"

„Woher sollte ich denn das wissen?", raunzte Alex zurück.

„Na, du hast ihm doch eine heiße Nacht versprochen als Gegenleis …"

„Habe ich nicht, zum Kuckuck. Ich habe ihn noch nicht einmal geküsst. Obwohl ich allen Grund dafür gehabt hätte, nachdem er uns geholfen hat. Oder eher dir. Also bitte keine Witze über ihn!"

„Nun sei nicht so empfindlich. Ich weiß, dass du nichts mit ihm hattest. Aber im Ernst: hat dir letzte Nacht nicht gefallen?", fragte Angelos.

„Blöde Frage. Natürlich. Und du hast dich mehr als nur angestrengt. Ich fühle mich, als wäre ein Panzer über mich hinweggerollt!"

„Ein hübscher Panzer", ergänzte Angelos.

Alex musste lachen.

„Und jetzt Schluss. Herr Bürgermeister, der ein Monster ist, muss gleich eine Rede halten!"

Sie waren unterwegs zur Einweihung des neuen Flughafens, der in Rekordzeit erbaut worden war.

Der alte Airport von Mykonos war eine Bruchbude mit nur einem einzigen Gepäckband. Kamen in der Saison drei Maschinen gleichzeitig an, so legte man die Koffer in drei Reihen übereinander, wobei die obersten in der ersten Kurve des Bandes herunterfielen. Dazu sorgten die 600 Passagiere dreier Flüge für eine infernalische Hitze und so mancher Tourist bereute die Wahl seines Urlaubsortes bereits am Flughafen.

Nun hatten die Deutschen – oder besser Fraport – den Flughafen auf Mykonos übernommen, sowie alle anderen Ägäis-Flughäfen. Und plötzlich war es möglich, innerhalb eines Jahres ein komplett neues Terminal hinzustellen. Athen hätte dafür zwanzig Jahre gebraucht und selbst dann wäre nichts passiert, weil das dafür eingeplante Geld mit unbekanntem Ziel verreist wäre.

„Ist das nicht ein wenig überdimensioniert?", fragte Alex.

„Typisch Grieche. Immer etwas zu maulen!",
antwortete Angelos.

„Seit gestern weiß ich: du bist keiner!"

„Jedenfalls kein typischer. Seit ich Bürgermeister bin, kenne ich den Grund für die
Misere. Griechen lieben ihr Land, aber
verachten ihren Staat. Deswegen funktioniert
auch nichts. Und im großen, schwarzen Loch
Athen verschwinden die wenigen Steuer-
gelder, die wir zahlen. Dass Steuerbetrug zu
schlechten Straßen führt, begreift bei uns
keiner. Schuld sind immer die anderen. Ich
hätte gute Lust, bei meiner Rede mal ein paar
richtige Worte in den Raum zu werfen!"

„Tu das lieber nicht. Der Wähler will Wahr-
heiten nicht hören", warf Alex ein.

„Du vergisst, dass ich nicht wiedergewählt
werden will. Das habe ich auch allen gesagt
und zwar vor der Wahl."

„Aber wir müssen weiter hier leben und
arbeiten, Angelos!"

„Du solltest mich kennen, Alex. Wenn man zu
mir sagt: das darfst du nicht, tue ich es erst
recht!"

„Stimmt, leider. Als Diplomat wärst du unge-
eignet!"

Und so betraten Alexandros und Angelos
Nikakis das neue Terminal des Flughafens.

30 Minuten später hatten die griechischen Gäste hochrote Köpfe, während die Fraport-Leute an sich halten mussten, um nicht loszubrüllen.

Herr Bürgermeister Angelos Nikakis hatte seine Sicht der Dinge von sich gegeben. Alex hoffte, dass nur das Regionalfernsehen den Beitrag zeigen würde. Vergeblich.

Schon wenige Stunden später wurde das Video 200.000 Mal angeklickt und am Abend diskutierte man im Staatsfernsehen über die Standpauke von der wichtigsten Touristen-Insel Griechenlands. Und natürlich war die Zustimmung und Einsicht, sagen wir: limitiert.

Gott sei Dank hat er nicht auch noch Mazedonien erwähnt, dachte Alex. Dann wäre der Deckel vom Topf geflogen.

Und natürlich grinste Angelos bis zu den Ohren.

„Das hat dir richtig Spaß gemacht, oder?", sagte Alex.

„Aber nicht, weil ich damit ins Fernsehen komme, sondern, weil es schlicht die Wahrheit ist."

Was stimmte. Angelos war immer geradeheraus. Als Bürgermeister der falsche Charakterzug. Und Angelos wusste es. Daher hatte er eine Wiederwahl ausgeschlossen und dann damit begonnen, allen möglichen Leuten auf den Schlips zu treten, sei es hier oder in Athen.

„Ich hoffe nur nicht, dass wir die nächste Zeit mit Briefen eingedeckt werden", meinte Alex.

„Briefen? In welchem Jahrhundert lebst du denn? Da kommen Hasskommentare im Netz. Hashtag Nikakisarschloch. Geht mir sonst wo vorbei."

„Hauptsache, es steht nicht plötzlich ein Irrer mit Knarre vor unserer Tür", warf Alex ein.

„Dafür bist dann du zuständig. Du bist der Beschützer", antwortete Angelos und grinste.

„Ja, ja. Klar. Alex räumt die Scherben weg!"

„Und hat dafür den schönsten Mann der Ägäis zuhause. Ist doch Belohnung genug!" Alex lachte laut.

„Du vergisst, dass der schönste Mann der Insel jetzt eine Riesennarbe hat!"

„Der Ägäis bitte. Und den Herrn Bürgermeister siehst nur du nackt."

Dann brummte Alex´ Handy und Angelos ging ran. Maria. Die offizielle Polizei.

„Hallo Schöner. Wieder mal mit Vorsatz in den Fettnapf getreten? Die ersten keifenden Idioten waren schon hier!"

„Hallo Maria. Gut, dass ich erst morgen wieder ins Büro komm!"

„Ich glaube nicht, dass du morgen Zeit fürs Büro hast!"

„Warum? Ich bin wieder gesund!"

„Weil im Kouros-Stadion eine Leiche liegt!"

„Sagtest du im Stadion?"

„Ja, in den Katakomben!"

Das war eine Unverschämtheit sondergleichen. Das Stadion war praktisch das Nachbarhaus der Herren Nikakis. Ein Mord zwanzig Meter neben uns? Majestätsbeleidigung.

5

Als Angelos und Alex am Tatort eintrafen, war Alex noch immer außer sich.

„Für diese Frechheit bekommt der Täter fünf Jahre extra. Direkt neben unserer Haustür!"

Angelos runzelte die Stirn.

„Hätte der Täter sich sagen sollen: ‚Aus Respekt vor den beiden Kommissaren fällt der Mord für heute aus?' Mir ist ein Tatort nebenan lieber als in den Hügeln bei Foko oder an einem überfüllten Strand!"

„Punkt für dich", gab Alex zu.

„Handschuhe, Überzieher, Pinzette, Röhrchen. Und den Strahler mit Stativ", sagte Angelos beim Blick unter die Tribünen.

„Zu Befehl. Ich liebe dich auch", knurrte Alex.

„Oh Alex. Ich mache hier nur meine Arbeit. Und außerdem soll ich nicht schwer heben", raunzte Angelos zurück. „Aber kein Problem, ich hole es selbst!"

„Entschuldige. Mein Mundwerk ...", sagte ein kleinlauter Alex.

„Ich bin diese Ausrede langsam leid. Wenn dich etwas stört, dann lass ich es. Wenn mich etwas nervt, ist es dir egal. Genauso gut könnte ich in den Gully rufen!"

Bevor der Streit eskalieren konnte, kam André

angefahren.

„Jassas, die Herren!"

Er erntete lediglich etwas, dass man entfernt als Knurren bezeichnen konnte.

„Oha. Dicke Luft. Ehekrise?", fragte André vorsichtig.

„Mach dir keine Hoffnungen", sagte Angelos. „Vielleicht hätte ich neben der Leber noch etwas gute Laune spenden sollen!"

Das war nun wahrlich der falsche Text. Angelos Kopf wurde immer röter.

„Ich habe mich schon zehn Mal bedankt. Muss ich mich mein ganzes restliches Leben vor dir in den Staub werfen?"

André war sichtlich verlegen.

„Du bist doch sonst für jeden Spaß zu haben. Und ja: bedankt hast du dich genug. Geht es dir sonst gut? Keine Probleme?"

„Mit der Leber nicht", knurrte Angelos.

„Alex! Du solltest Angelos pflegen und nicht ärgern! Das ist der Genesung nicht dienlich!"

„Veräppeln kann ich mich selbst", gab Angelos zurück. Alex zuckte lediglich mit der Schulter und war vollkommen ratlos. Angelos war im recht. Manchmal rutschen mir Sätze raus, die vollkommen daneben sind und ich merke es erst dann, wenn es zu spät ist, dachte Alex. Ich würde es gerne abstellen, aber wie?

„Gut. Dann lassen wir heute den Smalltalk und kümmern uns um die Leiche", sagte André und ging in Richtung Katakomben.

Alex stand immer noch wie versteinert da, während Andre und Angelos durch den dunklen Bereich unter der Tribüne gingen. Einmal nach rechts und beide standen vor der Leiche.

Angelos ging durch die Decke.

„Wann lernen diese Dorfdeppen endlich, dass man niemals eine Decke über eine Leiche werfen darf. Grundkurs Polizist, erste Woche!"

„Das ist wohl das Bedürfnis des Menschen, nichts Schreckliches sehen zu wollen. Dem Toten ist es sicher egal. Aber ganz ehrlich, ich wusste es zu Beginn meiner Arbeit als Hilfs-Pathologe auch nicht", sagte André.

Der Wind blies eiskalt durch den Gang. Türen oder Tore gab es keine.

„Angelos, ich hole eine Rettungsdecke aus dem Auto. Du darfst dich unter keinen Umständen erkälten. Und spar dir die Widerrede!"

Aber Angelos nickte nur und murmelte ein „Danke".

Als André beim Auto ankam, stand Alex noch immer am selben Fleck.

„Bist du festgewachsen? Und noch eines: du hättest ihn nicht ohne Decke hier herumspringen lassen sollen. Herrgott. Ich habe dir doch genau erklärt, auf was du achten sollst. Sonst war alles umsonst. Und du weißt, dass er sich für kerngesund hält. Jetzt komm mit!"
Zwischenzeitlich hatte Angelos die Decke entfernt.

„Ich kenne ihn. Das ist Andritsos. War früher selbst Fußballer und lebte seit ein paar Jahren in Ano Mera. Er war Asthmatiker und zog wegen der besseren Luft hierher."

„Genützt hat es offenbar nichts", warf André ein.

„Das war wenigstens halbwegs witzig, du lernst es noch", gab Angelos zurück und grinste.

„Unter den Fingernägeln ist nichts zu sehen, auch sonst keine Kampfspuren. Ich würde aufgrund der Lage der Leiche sagen, Andritsos kam um die Ecke, als ihn der Schlag traf."

Angelos sah sich den zerschmetterten, vorderen Teil des Schädels an.

„Baseballschläger!"

„Respekt. Woran siehst du das?", fragte André.

„Schau auf die Wunde. Sie ist links breiter als auf der rechten Seite des Schädels. Das Tatwerkzeug wird am Ende breiter. Für eine Eisenstange ist die Wunde viel zu breit. Und der Täter muss Linkshänder sein. Nur so konnte er zum Schlag ausholen, ohne dass Andritsos ihn sehen konnte. Sonst hätte der Täter sich mitten in den Gang stellen müssen, um auszuholen und Andritsos hätte sich wehren oder davonlaufen können! DNA an der Kleidung gibt es sicher keine, der Täter hat das Opfer nicht berühren müssen. Raubüberfall fällt flach, sonst wäre die Rolex weg!"

Es dauerte ein paar Sekunden, bis André meinte:

„Also meine Leber hat dich offensichtlich noch intelligenter gemacht als du ohnehin schon warst. Ich bin beeindruckt!"

„Da bist du aber der Einzige. Mein Kollege steht hier herum wie eine Salzsäule!"

Angelos deutete auf Alex, der vollkommen verunsichert war.

„Kollege? Ich dachte immer, Alex wäre dein Ehemann?", fragte André.

„Dachte ich auch", knurrte Angelos.

Alex wurde immer kälter, was aber nicht am Wind lag. Warum redet Angelos so? Gut, ich habe vorhin – und nicht zum ersten Mal – etwas Blödes von mir gegeben. Sage ich, dass ich mich bessern werde, glaubt er mir nicht mehr, weil … Ich habe es schon so oft versprochen. Ich mache alles kaputt.

Nichts hätte Alex weniger interessieren können als die Leiche. Bitte, Angelos, gib irgendein Signal, dass du nicht mehr sauer bist.

„Kannst du das Motiv auch herauslesen?", fragte André. „Warum sollte man einen Ex-Fußballspieler umbringen? Wäre es die Ehefrau wegen irgendeiner Affäre, hätte sie es zuhause tun können!"

„Und Ehefrauen verwenden seltenste Baseballschläger", entgegnete Angelos.

„Aber die Leiche sagt uns schon etwas!" Er deutete auf das Shirt. Es war das rot-weiße Trikot von Olympiakos Piräus.

„Du glaubst doch nicht im Ernst, dass er deswegen ermordet wurde? Wahrscheinlich noch von einem Panathinaikos-Fan?", fragte Alex. Der nächste bescheuerte Satz. Mist.

„Danke für deinen Beitrag. Übrigens der erste. Aber Herr Nikakis, Sie übersehen zwei Dinge. Was für einen Tag haben wir heute?

Den 8. Februar. Gate-7-Day. Und dann das Hühnchen."

Er hat recht, dachte Alex.
„Gate was?", fragte André.

6

Zur DNA der Hälfte der Griechen gehört das
Panathinaikos-Gen. Man ist von Geburt an
Fan des Athener Klubs. Die andere Hälfte sieht
nach dem freudigen Ereignis die Welt in Rot-
weiß, den Farben von Olympiakos Piräus.
Zwischen den beiden Clubs, vor allem den
Fanlagern, herrscht keine Rivalität: man hasst
sich. Zusätzlichen Zündstoff liefert die gene-
relle Abneigung der Piräuser gegenüber dem
größeren Nachbarn Athen.
Ein Pendant gibt es in Deutschland nicht –
dagegen ist das Verhältnis zwischen Dortmun-
dern und Schalkern eine Liebesheirat.

Der Konkurrenzkampf zwischen Panathinaikos und Olympiakos erstreckt sich nicht nur auf den Fußball, sondern auch auf den griechischen Lieblingssport: Basketball.

In den letzten zwei Spielzeiten weigerte sich Olympiakos zwei Mal zum Spiel gegen Panathinaikos anzutreten, weil die Schiedsrichter-Auswahl gewisse Zweifel aufkommen ließ. Zur Verächtlichmachung des Gegners legte ein Vertreter von Panathinaikos einen roten Slip auf die leere Gästebank.

Ihr seid Mädchen, war das Signal. Beim letzten Spiel fand sich ein rohes Hühnchen auf dem Trainerstuhl von Piräus.

Und nun lag ein solches rohes Hühnchen auf der Leiche eines Olympiakos-Fans im Stadion von Mykonos. Auch das Datum wies auf einen Zusammenhang hin.

Gate-7-Day. An diesem Tag starben mehrere Menschen im Stadion von Olympiakos, weil ein Tor verschlossen war. Sie wurden regelrecht zu Tode getrampelt. Und diese Toten sind seitdem Gegenstand von Hohngesängen der Panathinaikos-Fans. Das Datum war das zweite Indiz für ein Motiv im Bereich „Sportliche Rivalität".

So sah es jedenfalls Angelos Nikakis, der seit Geburt Olympiakos-Fan war. Und dies, obwohl er aus Saloniki stammte.
Alexandros Nikakis hingegen war Anhänger von Panathinaikos. Eine Eheschließung zwischen beiden Fanlagern ist selten und funktioniert nur dann, wenn man das Thema komplett aus der Kommunikation streicht.
So hielten es auch Angelos und Alex. Beim Zusammentreffen beider Vereine schaute einer das Spiel im Wohn-, der andere im Schlafzimmer. Gesprochen wurde nach den Spielen nicht.

7

„Das glaubst du doch selbst nicht. Du siehst das wieder einmal durch die rot-weiße Brille! Kein Mensch wird umgebracht, weil er Fan einer bestimmten Mannschaft ist", sagte Alex. Die Sätze blieben mehrere Sekunden in der Luft stehen – und entwickelten erst so ihren eigentlichen Inhalt.

„Du meinst also, ich würde mich bei Mordermittlungen von meinen Präferenzen im Fußball leiten lassen? Das ist traurig und du weißt, dass ich nicht so arbeite."

Wieso rede ich so einen Unsinn, dachte Alex, brachte aber nur ein „Sorry" heraus, was vollkommen wirkungslos war.

„Sag jetzt nicht auch noch, dass es dein Mundwerk ist und du dich besserst. Das tust du nämlich nicht. Du probierst es nicht einmal!" Angelos schüttelte den Kopf.

„Zumindest weiß ich jetzt, was du von mir als Ermittler hältst. Mag schon sein, dass es sich um eine falsche Fährte handelt. Aber wenn man keine anderen Hinweise hat, fängt man nun mal damit an. Und dann stellt sich bald heraus, ob man in eine andere Richtung gehen muss. Das weißt du alles. Nur, weil es von mir kommt, sagst du das Gegenteil!"

Tue ich das, fragte sich Alex. Und warum?
Er hat mit der Vorgehensweise vollkommen
recht. Bin ich neidisch, weil Angelos der
bessere Ermittler ist? Folge ich so niedrigen
Instinkten?

8

Angelos fuhr allein zu seinem Hauptarbeits-
platz, dem Bürgermeisterbüro in der Chora.
Dort saß der ehemalige Richter Mantzaris,
Angelos´ Stellvertreter.
Er strahlte, als er Angelos sah.
„Angelos! Ich freue mich, dass du wieder auf
den Beinen bist. Du schaust richtig gut aus!"
„Ich glaube, da bist du der Einzige, der sich
freut!"
Mantzaris schaute verdutzt.
„Na, Alex wird doch Luftsprünge machen!"
„Nein. Er hat sich verändert", sagte Angelos
niedergeschlagen.

„Oh Gott, bitte nicht. Ihr seid doch das einzige Beispiel für eine perfekt funktionierende Ehe", antwortete Mantzaris.

„Das war einmal. Aber lass uns über den Fall sprechen."

Angelos setzte Mantzaris in Kenntnis. Auf dessen Meinung legte Angelos immer großen Wert. Denn letztlich war es er, der die Ermittlungsergebnisse in Urteilen verarbeiten musste. Was auf Mykonos geht und was nicht, das hatte Angelos schnell gelernt. Und Mantzaris drückte regelmäßig beide Augen zu, wenn die Vorgehensweise juristisch bedenklich war. Doch nun war er stellvertretender Bürgermeister und Angelos vertraute ihm blind.

„Andritsos? Der war doch mal Profi?"

„Ja. Ich frage mich nur, was er den ganzen Tag getrieben hat. Soviel Geld wird er nicht verdient haben, dass er sich mit 38 zur Ruhe setzen konnte. Die Hauptprobleme sind aber der Tag der Tat und dieses bescheuerte Hühnchen", sagte Angelos.

„Hühnchen?"

Auf Mantzaris´ Vorliebenliste stand Sport nur knapp vor der Darmkolik. Angelos klärte ihn auf.

„Wir müssen also verhindern, dass diese beiden Details bekanntwerden, sonst gehen diese Idioten aufeinander los. Richtig?"

Angelos tippte auf seinem Tablet herum und ließ nach wenigen Minuten den Kopf hängen. „Zu spät. Verflucht, woher wissen die das alles?"

„Was weiß wer?", fragte Mantzaris.

„Auf der Facebook-Seite des Olympiakos-Fanklubs Kykladen steht: ‚Unser ehemaliger Spieler und treuer Fan Andritsos wurde gestern im Stadion von Mykonos brutal ermordet. Ihm wurde der Schädel eingeschlagen. Andritsos trug unser Trikot. Bei der Leiche lag ein rohes Hähnchen. Und jeder von uns weiß, welcher Tag gestern war. Es ist sonnenklar. Der Mörder kann nur aus einer Ecke kommen. Andritsos, wir rächen dich!' Das war´s dann mit Geheimhaltung!"

„Als Nichtsportler kann man da nur den Kopf schütteln. Und wer hat geplaudert? Bei der Witwe warst du noch nicht?"

„Ich kann mich nicht vierteilen", knurrte Angelos. „Bescheid wissen Alex, André, Maria und ... der Zeugwart, der ihn gefunden hat. Aber egal. Die Bombe ist hochgegangen. Den Rest kannst du in den Abendnachrichten sehen!"

Angelos stand auf und wollte gehen. Die Witwe war bestimmt schon auf dem Laufenden. Wenn nicht über Facebook, dann über Buschfunk.

„Ach, Angelos. Noch eins: mein Nachfolger möchte dich kennenlernen und fragt, ob du später bei ihm Vorbeikommen kannst", rief ihm Mantzaris nach.

„Sag mal, seit wann kommt der Berg zum Propheten? Bin ich hier Everybody´s Depp?" Mantzaris zuckte zusammen und hob abwehrend die Hände.

„Ich bin nur der Überbringer der Botschaft. Und ich glaube, du kommst mit ihm hervorragend aus!"

Angelos zog die Augenbrauen hoch.

„Erstens ist der neue Richter schwul und selbst ich muss sagen, er sieht gut aus!"

Und genau das sollte zu einem Riesenproblem werden.

„Und nimm bitte Alex mit. Ihr habt ja beide mit dem Gericht zu tun!"

9

Schon zwei Häuserblocks vorher konnte man das Haus der Familie Andritsos sehen. Im Gegensatz zum weiß-blauen Einheitslook war das Anwesen in Rot-weiß gehalten. Immerhin mal etwas anderes, dachte Angelos. Er hatte noch nie verstanden, warum gefühlt ganz Griechenland in Weiß und Blau gestrichen war. Sieht man in Frankreich Häuser in rot-weiß-blau? Das weiß könnte man ja noch als Hitzeschutz nachvollziehen. Er hielt vor dem Haus in den Farben von Olympiakos.

Sofia Andritsos erschien an der Tür keineswegs in Trauerkleidung. Sie trug ein rot-weißes Trikot.

„Ah, der Bürgermeister. Oder der Kommissar?"

„Beides", sagte Angelos. „Sie wissen es ja schon, oder?"

„Ich wusste es vor Ihnen. Der Zeugwart hat mich zuerst angerufen!"

Vor der Polizei? Typisch Mykonos, dachte Angelos.

„Haben Sie das Panathinaikos-Schwein schon?" Beim Aussprechen des Namens des Konkurrenzvereins verzog sich Sofia Andritsos´ Gesicht zur Fratze.

„Ich weiß, dass das Datum und das Hühnchen auf das Fan-Milieu hindeuten, aber wir müssen in alle Richtungen ermitteln!"

„Verschwendete Zeit. Klopfen Sie doch einfach die Alibis der Idioten vom P-Fanclub ab." Mit dem „P" konnte sie es vermeiden, den grässlichen Namen auszusprechen.

Die Frage, ob ihr Mann Feinde habe, hätte sich Angelos sparen können.

„1.312" lautete die lapidare Antwort.

Die Mitgliederzahl des P-Fan-Klubs.

„So schlimm?", fragte Angelos, bereute es aber sofort.

Alles Asoziale, die mehrfach ihr Haus beschmiert haben. Ihr Mann sei öfters von denen zusammengeschlagen worden.

„Warum war gerade Ihr Mann die Zielscheibe. Es gibt doch noch andere Olympiakos-Fans?" Sie streckte sich.

„1,655. Wir sind deutlich mehr!"

Spätestens zu diesem Zeitpunkt war Kommissar Angelos Nikakis klar, dass diese Ermittlung ganz anders verlaufen würde als jede andere bisher. Ein Verdächtigen-Kreis von 1.312 bei gleichzeitigem Druck von 1.655 Freunden des Opfers – super. Es würde ein gordischer Knoten voller Lügen und Vorurteile entstehen.

Und ob ihm Alex eine große Hilfe sein würde. Angelos wusste es nicht.

„Gibt es unter den 1.312 Vollidioten einige, die sich besonders feindselig verhalten haben?"

„Oh. Sie sind also einer von uns?"

Sofias Gesicht hellte sich merklich auf.

„Ja. Aber sagen Sie es bitte nicht weiter, sonst bin ich als Bürgermeister erledigt", antwortete Angelos.

„Bleibt unter uns", meinte sie mit Verschwörer-Blick. Von wegen. Sie würde es sofort hinausposaunen. Klassisches Eigentor, dachte Angelos und verfluchte sich selbst.

„Wollen Sie einen Kaffee, Herr Bürgermeister?"

„Gerne!" Normalerweise hätte er abgelehnt, aber Angelos verspürte Koffeinentzug.

„Frau Andritsos ...", begann er, doch sie unterbrach ihn.

„Sofia. Wir sind doch Freunde!"

Freunde? Nur weil auch ich ab und zu ein rot-weißes Trikot trage?

„Also, Sofia. Ein paar Fragen zu Ihrem Mann habe ich noch. Er war ja früher Profi und ist nach seiner Laufbahn nach Mykonos gezogen. Was für einer Tätigkeit ging er denn nach? Denn allzu viel wird er in der griechischen Super League nicht verdient haben!"

Sofia lachte.

„Nein. Er hatte zwar Rücklagen gebildet. Aber das Geld habe ich in die Ehe eingebracht. Er machte ab und zu Börsengeschäfte und hatte meist Glück. Zusammen reichte uns das. Wir brauchten nie viel. Uns interessierte nur unser Verein!"

10

Stefanos Petritsis platzte fast der Schädel vor lauter Wut.

„Da hat sich unser rot-weißer Bürgermeister aber sauber verarschen lassen. Nehmen Sie mal die Olympiakos-Brille ab!"

Angelos hatte es geahnt. Es würde schwierig werden, richtige Fakten zu ermitteln, frei von Abneigung und Hass.

„Ich trage überhaupt keine Brille. Außerdem bin ich hier als Ermittler in einem Mordfall", knurrte Angelos zurück.

Seine Abneigung gegenüber dem Vorsitzenden des Panathinaikos-Fanclubs wuchs.

Typisch für die Grünen, dachte er.

Angelos war doch nicht so ganz objektiv.

„Ich kann nicht sagen, dass ich betroffen bin wegen des Todes von Andritsos. Wieder einer weniger von diesen Idioten!"

„Nicht nur Tod, es war Mord", entgegnete Angelos. „Ich frage mich, was Sie gesagt hätten, wäre das Opfer einer der Ihren!"

Petritsis rang um Worte, fand aber keine.

„Zumindest bin ich kein Heuchler und Lügner wie Andritsos!"

Angelos sagte nichts. Lass ihn reden.

„Hobby-Börsenmakler. Dass ich nicht lache. Er war ein Betrüger, Menschenräuber und …
lassen wir das. Er war ein Schwein und nicht nur deswegen, weil er Olympiakos-Fan war!"
Petritsis litt eindeutig unter Bluthochdruck.
„Was meinen Sie mit Betrüger und Menschenräuber?", fragte Angelos.
Petritsis überlegte einige Sekunden.
„Er war in Wirklichkeit eine Art Spielervermittler!"
„Übles Gewerbe, aber nicht strafbar", entgegnete Angelos.
Petritsis lachte laut auf.
„Aufwachen, Herr Bürgermeister. Dieser Typ Spielervermittler reist umher, beobachtet Zehn- oder Zwölfjährige, zahlt den meist armen Eltern etwas Geld und verspricht ihnen, ihr Sohn werde ein großer Spieler. Dann schickt er die Kinder in ein Ausbildungszentrum eines Vereins, im Falle von Andritsos natürlich Olympiakos. Die Verträge, die von den Eltern unterschrieben werden, sind Knebelverträge und ein einziger Betrug. Der Zwölfjährige darf 12 Jahre für keinen anderen Verein spielen. Und bekommt nur ein winziges Gehalt, selbst wenn er Messi wäre. Die FIFA hat das zwar offiziell verboten, aber selbst die Großen wie Real Madrid halten sich nicht daran.

Jedenfalls bekommt der Vermittler ein Honorar vom Verein und der Spieler muss auch einen Teil seines Gehalts an den Vermittler zahlen. Na ja, äh …"!

„Was ‚äh'?", hakte Angelos nach.

„Das sind jetzt aber nur Gerüchte. So mancher Zehnjährige musste Dinge tun, die er nicht wollte. Aber wie sollen sich die Jungs wehren? Ihre Karriere als Fußballprofi steht auf dem Spiel. Es ist eine schmutzige Branche!"

„Und Panathinaikos unterhält kein derartiges Scout-System?", fragte Angelos mit breitem Grinsen.

„Aber da geht alles sauber vonstatten", entrüstete sich Petritsis. „Wir sind ein ehrbarer Verein mit moralischen Grundwerten!"

Angelos prustete los.

„Natürlich. Zurück zu Andritsos. Er war also Spielervermittler, hat moralisch bedenkliche Verträge geschlossen und war noch dazu ein Kinderschänder?"

Angelos glaubte zumindest das Letzte nicht. Es klang zu sehr nach Verleumdung eines Toten, der sich nicht mehr wehren kann.

„Irgendwelche Beweise statt Gerüchte?"

Jetzt würde Petritsis einen Rückzieher machen. Und tatsächlich druckste Petritsis sichtlich herum. Aber Angelos täuschte sich.

„Fragen Sie doch den kleinen Sofianidis. Der steht jetzt nämlich ohne alles da, obwohl ihm Andritsos das Blaue vom Himmel versprochen hat. Jetzt spielt er wohl den Rest seines Lebens beim AO Mykonos. Wir jedenfalls wollen niemand, der bereit war, zu den Asozialen zu gehen!"

Angelos verdrehte die Augen und zog von dannen.

Dennoch: die Geschichte vom Spielervermittler war deutlich glaubwürdiger als die des Hobby-Brokers.

Was für ein Tag. Und jetzt auch noch der neue Richter.

11

„Alex, hör zu. Der neue Richter will uns sehen und Mantzaris meinte, es wäre taktisch klug, dies so früh wie möglich zu machen. Ich bin aber zu fertig. Machen wir es morgen?"
Er erntete ein kurzes „Ok".
Zuhause in Ornos erzählte Angelos von seinen Vernehmungen. Berufliches schien ihm das beste Thema zu sein.
Alex stand unter Hochspannung. Er quälte sich mit der Frage, warum er Sätze sagte, die ihm alles kaputtmachen. Sätze, die Angelos verletzten. Bin ich schizophren? Ich liebe ihn und dennoch: ich spreche nicht so, als würde ich ihn lieben. Und da zählen frühere Taten nicht. Die zahlreichen Gelegenheiten, bei denen Alex Angelos das Leben gerettet hat. Nur beruhend auf Dankbarkeit für frühere Leistungen kann keine Ehe auf Dauer funktionieren. Das war Alex klar. Er musste etwas ändern und zwar jetzt. Sicht- und hörbar. Versprechungen würden nicht mehr genügen.
Es muss funktionieren, denn ohne ihn möchte ich nicht leben.
„Hör mal, Angelos, ich ..."

„Lass gut sein, Alex. Ich kann heute nicht mehr reden. Ich bin zu kaputt!"

12

Dann kam der Tag der Tage.
Gegen 13.00 Uhr fuhren Alex und Angelos zum Gericht. Das Gespräch während der zehnminütigen Fahrt drehte sich nur um den Fall und die Frage, ob die Aussage von Petritsis für einen Durchsuchungsbefehl bei Andritsos reichte.
„Dünn und heikel. Eine Durchsuchung bei einem Mordopfer, noch vor seiner Beisetzung", sagte Alex.
„Stimmt. Und ist etwas dran an der Geschichte, wird Frau Andritsos einer freiwilligen Durchsuchung nicht zustimmen. Wenn die Anschuldigungen frei erfunden sind, stehen wir sauber blamiert da."
„Vielleicht geht es über den Verdacht auf Steuerhinterziehung. In dem Bereich geht es doch um Riesensummen!", ergänzte Alex.

„Ich habe eine ganz andere Vorgehensweise im Sinn!"

Angelos grinste.

„Ist der neue Richter Panathinaikos-Fan bekomme ich den Befehl im Handumdrehen!"

„Aha. Deswegen trägst du das grüne Hemd! Was für ein Land", sagte Alex.

„Sei ruhig, du bist selbst einer dieser Grünen. Pfui!"

Angelos lächelte und Alex hoffte, dass dies ein gutes Zeichen war.

Das war es mitnichten.

13

Das Unheil nahm seinen Lauf.

Schon beim Betreten des Richterzimmers war sich Alex der Gefahr gewahr.

Der neue Richter war jung und attraktiv. Etwa Angelos´ Alter, um die 30, braungebrannt, und ohne ein Gramm Fett.

Kostas Markovits hatte die Zwanziger offensichtlich gut überstanden. Er war aber nicht Alex´ Fall.

Zu geleckt.

Doch Alex sah mit Schrecken, dass Angelos Alex´ Einschätzung alles andere als teilte.

Er bekam Gänsehaut. Nicht ausgerechnet jetzt eine Versuchung. Warum kann der neue Richter nicht eine alte Schabracke sein?

Alex sah Angelos´ Leuchten in den Augen. Es war das gleiche Funkeln wie an dem Abend, als sie sich kennenlernten. Als Angelos auch noch leicht zu stottern begann – sonst ein Künstler des Wortes -, wusste Alex, dass entweder eine schwere Prüfung bevorstand – oder das Ende. Er wäre am Liebsten rausgerannt.

Und Angelos´ Interesse wurde zweifellos erwidert, denn auch der neue Richter war entzückt.

„Hallo, die Herren. Nett, dass der Bürgermeister mich gleich am zweiten Tag besucht. Vorweg: auf die Anrede ‚Richter' lege ich keinen Wert. Haben Sie etwas dagegen, wenn ich Sie Angelos nenne, Herr Bürgermeister?"

Alex würdigte er keines Blickes.

„Überhaupt nicht. Gerne", hörte er Angelos sagen, der aufgeregt wirkte – wie ein Teenager beim ersten Date.

Durch das Ignorieren seiner Person konnte Alex ungestört Richter Markovits beobachten. Eine Krawallschwuchtel.

Und ich als Schwuler darf diesen Begriff verwenden, dachte Alex.

Sex ist wichtiger als Liebe.

Das Äußere entscheidet.

Flattern wie ein Schmetterling von einer Blüte zur nächsten.

Und ein Tick zu weibisch.

Normalerweise überhaupt nicht Angelos´ Beuteschema, wenn er denn je eines hatte. Es ist nur eine Krise. Und was mich doch beruhigt: Angelos war ihm nie untreu gewesen. Alex hatte ihn zwei Mal unter Verdacht – und sich furchtbar blamiert.

Gut, dafür habe ich damals eine Ohrfeige bekommen und zwar verdientermaßen.

14

Richter Markovits lächelte.

„Selbstverständlich bekommst du einen Durchsuchungsbefehl bei dem roten Idioten!"

Alex war kurz davor, Euer Ehren davon in Kenntnis zu setzen, dass auch der Herr Bürgermeister einer der roten Idioten war, aber Angelos trat ihm gegen den Knöchel.

„Aua!"

„Hat dein Ehemann Schmerzen?", fragte der Richter. Noch immer würdigte er Alex keines Blickes.

„Nein, nein. In dem Alter zwickt es nur manchmal", antwortete Angelos.

Alex stand kurz vor der Explosion.

„Aber ich würde anders vorgehen. Fahren wir doch gemeinsam zum Haus von Andritsos. Da ich ja auch der Untersuchungsrichter bin, wäre das nicht ungewöhnlich!"

Was zutraf. In Griechenland werden Ermittlungen formal vom Untersuchungsrichter geleitet und nicht von der Polizei oder der Staatsanwaltschaft.

„Bei der Gelegenheit bitten wir darum, das Arbeitszimmer anschauen zu dürfen, um eventuell Hinweise auf den Täter zu finden. So sollten wir das begründen. Klingt doch plausibel. Ich stelle der Frau bei einem Kaffee im Garten ein paar belanglose Fragen, währenddessen hast du freie Bahn für die Suche. In den Keller sollten wir auch schauen", sagte Markovits.

Nun konnte Alex nicht mehr an sich halten. „Häuser auf Mykonos haben keine Keller, denn sie stehen auf Felsen!"

„Ist das so?", meinte der lächelnde Richter. „Das hört sich nach einem guten Plan an. Stellt sie sich quer, können wir immer noch den Durchsuchungsbefehl herausholen!", sagte Angelos.

„Nun kenne ich die Insel überhaupt nicht. Vielleicht könnte der Herr Bürgermeister hinterher eine kleine Rundfahrt mit mir machen? Allein finde ich mich sicher nicht zurecht."

Auf einer Insel, die keine 20 Kilometer lang und breit ist, dachte Alex. Für wie dämlich hält der mich?

Dann hörte er Angelos sagen:

„Gute Idee. Wir nehmen unser Auto. Alex, macht es dir etwas aus, mit dem Bus nach Hause zu fahren? Oder Maria fährt dich!"

Alex erstarrte und ihm wurde schwindlig. Er stellte sich vor, wie sich Angelos und der schleimige Richter am Strand wälzen.

Er merkte, wie die Magensäure hochschoss.
„Ich komm gleich. Ich muss nur noch den
Befehl ausdrucken", sagte Richter Markovits.
Als sie vor der Türe standen, sagte Alex zu
Angelos: „Warum tust du das?"
Aber Angelos antwortete nicht.
„Bitte wirf nicht alles weg", flehte Alex.
„Und bitte mach keinen Unsinn!"
„Du meinst, ich soll nicht mit ihm schlafen?
Das meinst du doch? Da sieht man wieder,
was du wirklich von mir hältst. Es gibt hier nur
einen, der alles wegwirft!"
Als Richter Markovits aus seinem Zimmer kam,
gingen er und Angelos zum Wagen.
Alex stand noch minutenlang bewegungslos
da. Das konnte, das durfte nicht wahr sein.
Er schalt sich für seine Dummheit. Angelos
hatte ihn noch nie betrogen. Allerdings hatte
er sich zweifellos in den Richter verliebt, also …

15

Angelos´ Handy brummte auf der Fahrt zum Haus von Andritsos.

„Maria. Was gibt es?"

„Alex war gerade hier und hat gefragt, ob ich ihn nach Hause fahren könnte. Er sah mehr als verstört aus. Alles in Ordnung?"

„Maria, ich kann gerade nicht. Sonst noch etwas?"

„Du bist im Auto? Gut, dann schalt doch mal das Radio ein!"

Radio? Wer hört denn heute noch Radio, dachte Angelos und schaltete es ein.

„…gab es mehrere Verletzte in Rafina, nachdem aufgebrachte Olympiakos-Fans zwei Bars gestürmt hatten, die als Stammlokale von Panathinaikos-Anhängern galten. Nur mit Mühe gelang es einem Großaufgebot von mehr als 30 Polizisten, die verfeindeten Gruppen zu trennen. Die Angreifer skandierten immer wieder ‚Rache für Andritsos'. Der frühere Spieler und jetziges Mitglied des Verwaltungsrates von Olympiakos Piräus war vor drei Tagen auf Mykonos ermordet worden. Indizien deuten darauf hin, dass der Täter ein Fan von Panathinaikos war. Auch außerhalb von

Athen kam es zu Auseinandersetzungen. Der griechische Fußballverband hat mittlerweile entschieden, dass der kommende Spieltag in der Super League abgesetzt wird. Andritsos wird übermorgen auf Mykonos beerdigt. Zu der Trauerfeier werden Tausende von Olympiakos-Fans erwartet. Der Innenminister hat erklärt, dass die Polizei bei etwaigen Störungen mit der gebotenen Härte reagieren wird!"

Angelos atmete auf.

„Das heißt, Athen schickt die Polizeikräfte und wir haben unsere Ruhe!"

„Du vielleicht. Aber ich muss für die Idioten Haftbefehle erlassen, wenn etwas passiert. Wie viele Zellen gibt es denn hier?", fragte Kostas.

„Eine" antwortete Angelos mit breitem Lächeln.

„Wo bin ich da nur gelandet? Na, immerhin habe ich so dich kennengelernt!"

Und schon lag des Richters rechte Hand auf Angelos´ Schenkel.

Das ist schon einmal ein vielversprechender Anfang, dachte Angelos. Mal sehen.

16

Als Angelos und der Richter das Haus von Andritsos betraten, funktionierte der Plan wie vorgesehen. Sonja war entzückt, dass der neue Richter bei ihr zu Besuch war und zog ihn förmlich auf den Balkon.

Auf Angelos´ Frage, ob er sich im Arbeitszimmer umsehen dürfte, kam von ihr nur ein „selbstverständlich".

Doch eine Durchsuchung im Jahre 2018 unterscheidet sich fundamental von einer im Jahre 1988. Der entscheidende Punkt: das fehlende Papier. Durchsuchte man früher Aktenordner und Dokumentenstapel, so findet man heutzutage – wenn man Glück hat – ein Notebook. Gelangt man in den Besitz eines UBS-Sticks oder einer Speicherkarte, so muss Weihnachten und Ostern auf einen Tag fallen. Das Arbeitszimmer von Andritsos war im Grunde leer. Auf dem Schreibtisch stand lediglich der Laptop, Immerhin. Natürlich passwortgeschützt. Aber Angelos war sich ziemlich sicher, dass es irgendetwas mit Olympiakos zu tun hatte. Ehemalige Spieler oder Trainer vielleicht. Aus Andritsos Zeit als Spieler, dazu hatte er bestimmt eine besondere Verbindung.

Angelos googelte die Mannschaftsaufstellung des Andritsos-Teams. Nach sechs Namen war er verunsichert und schalt sich ob seines Optimismus´. Und dann: Nummer 7 passte. Aufatmen. Fürs Knacken des Passwortes hätte Angelos das Notebook ansonsten nach Athen schicken müssen.

Listen.

Listen mit Namen, sicher Fußballer. Die Wohn-orte lagen über die halbe Ägäis verstreut. Stutzig wurde Angelos, als er die Geburts-daten las. Manche waren noch keine zehn Jahre alt. Das Ekelpaket Petritsis schien recht zu haben. Andritsos hatte selbst Achtjährige bereits im Blick oder eventuell sogar Verträge mit den Eltern geschlossen.

Nur: Die Verträge fand Angelos nicht. Auf dem Notebook gab es keine Scans. Er klickte im Startmenü auf „Computer". Links sah er in der Grafik „Wechseldatenträger: f". Zu sehen war aber nichts, kein USB-Steckplatz war mit einem Stick belegt. Es musste eine Speicher-karte sein. Der Steckplatz war fast unsichtbar und winzig. Er klickte auf das Symbol für die Karte und … … es traf ihn fast der Schlag. Angelos musste würgen, konnte sich aber beherrschen.

Von dem Gesehenen durfte er niemandem etwas erzählen, weder Alex noch dem Richter und schon gar nicht der Öffentlichkeit.

Sonst wäre der jetzige Mediensturm ein laues Lüftchen im Vergleich zu …

Auf der Karte fand er eine weitere Liste, diesmal nur Erwachsene. Mit Bilddateien. Als er sie öffnete, wusste Angelos: das darf niemals publik werden. Nicht, weil er selbst Olympiakos-Fan war, das spielte bei der Dimension des Verbrechens keine Rolle. Aber in diesem Fall würde der gesamte griechische Fußball von den Erkenntnissen nicht nur durchgerüttelt, sondern plattge-walzt. Und Leben und Existenzen vernichtet. Nicht die der Täter, das wäre ihm egal. Nein, die Opfer würden vernichtet.

Was soll ich nur tun?

Angelos entfernte die Stecker und nahm das Notebook mit. Auf dem Weg nach draußen fiel ihm etwas auf. An der Wand hing ein Medizinschrank, aus Blech mir rotem Kreuz darauf.

Die Tür daneben war eine blinde Glastüre, dahinter lag ein luxuriöses Badezimmer mit Jacuzzi. Aber das Medizinschränkchen war verschlossen. Das macht zwar Sinn, wenn man Kinder im Haus hat, aber die Andritsos´ waren kinderlos.

An Angelos Schlüsselbund hing ein kleiner Dietrich, für Durchsuchungen, die sich noch im Genehmigungsstadium befanden. Warten war noch nie eine von Angelos´ Stärken.

In den Regalen standen Medikamente, wie sie in jedem Haushalt zu finden waren. Hinzu kamen Pillen, die bei Männern in Andritsos´ Alter auch nicht ungewöhnlich waren.

Prostata-Tabletten, Viagra, Blutdrucksenker… und dann stand ganz hinten ein kleines Fläschchen …

Angelos holte es heraus. Kein Etikett. Nichts. Er roch unter Wedeln an der Flüssigkeit.

Das Zeug kannte er und er hatte keinerlei Zweifel. Es war Propofol.

Es waren zu viele Informationen auf einmal, um sie sofort sortieren zu können. Und auch über das weitere Vorgehen war sich Angelos nicht im Klaren. Dementsprechend verwirrt ging er hinaus auf den Balkon zu Kostas und Sofia.

Der Richter begriff sofort, dass Angelos gehen wollte oder musste.

„Also, vielen Dank, Frau Andritsos. Wir sehen uns dann auf der Trauerfeier!"

Im Auto fragte Kostas:

„Und? Fündig geworden?"

Angelos nickte und hielt den Laptop hoch.

„Da finden wir garantiert etwas!"

Das Gesehene musste er für sich behalten. Und Kostas hatte auch etwas ganz anderes im Sinn.

„Den kannst du dir später auch noch ansehen. Wie wäre es jetzt mit der versprochenen Rundfahrt?"

Kostas lächelte breit.

„Gerne. Ich brauche ohnehin eine Pause!"

Aber Angelos wusste, dass die „Rundfahrt" nur der Auftakt wäre. Ich mag ihn, vielleicht bin ich auch ein wenig verliebt, aber wie weit soll oder kann ich gehen?

19

Als Alex zuhause in Ornos ankam, rannte er sofort zur Kommode im Wohnzimmer. Wo waren nur die verfluchten Zigaretten?
Mit zittriger Hand fingerte er eine aus der Packung und zündete sie an.
„Ich habe dich noch nie rauchen sehen", sagte Maria erstaunt.
„Ich habe wieder angefangen, nachdem Angelos angeschossen wurde", sagte er niedergeschlagen.
„Was ist los mit euch? Ihr wart wie zwei Kletten. Da passte nichts dazwischen. Es muss doch was passiert sein!"
„Nichts Spezielles. Seit der Operation ist irgendwie der Wurm drin. Aber ich will es nicht auf Angelos schieben. Ich sage ständig das Falsche. Wahrscheinlich, weil ich gerade nichts falsch machen will."
„Herrgott, darüber müssen doch zwei erwachsene Männer miteinander sprechen können! Aber eines ist mir aufgefallen. Du musst mir versprechen, dass du es mir nicht übelnimmst!"
Alex schüttelte den Kopf.
„Nur zu!"

„Angelos ist ein herausragender Polizist. Er hat ein Wissen, das man sich daneben vorkommt wie ein Verkehrspolizist."

„Aber das sage ich doch selbst immer."

„Ja, doch: meinst du es wirklich ernst oder ist es nicht doch unterbewusster Neid. Manchmal kann ein Lob für einen anderen auch dazu führen, dass derjenige als Besserwisser dasteht. Vielleicht ist es Angelos leid, sich für seine Fähigkeiten schämen zu müssen. Er hingegen sagt immer, ihr seid ein Team!"

Alex zog an seiner Zigarette.

„Aber ich meine es immer ernst, wenn ich sage, er ist der bessere Polizist", entgegnete er.

„Vielleicht will er genau das nicht hören!"

„Der Gedanke, dass er mit dem schleimigen Richter unterwegs ist, dass er vielleicht …"

Ihm brach die Stimme.

„Alex, beruhige dich. Angelos ist keiner dieser Männer, die von einem Bett ins andere hüpfen!"

„Nein, das ist er nicht. Oder war es nicht!"

„Er kommt bestimmt später nach Hause", sagte Maria. „Aber ich muss nach Hause. Kann ich dich allein lassen?"

Alex nickte.

Doch Angelos sollte nicht nach Hause kommen.

20

Gegen 01.00 Uhr verlor Alex jede Hoffnung. Angelos würde die Nacht mit diesem Schleimer von Richter verbringen. Er musste sich zusammenreißen, um sich nicht auf den Teppich zu werfen und lauthals loszuschreien. Stattdessen saß er wie festgenagelt im Ledersessel. Seit Stunden lief der Fernseher, doch er konnte sich nicht erinnern, was dort gelaufen war.

Nachrichten. Bei dem Wort „Mykonos" zuckte er kurz.

„Kurz vor der Trauerfeier für den verstorbenen Olympiakos-Offiziellen Andritsos, hat der Präsident von Piräus angekündigt, dass Olympiakos für ein Benefizspiel für die Angehörigen des Verstorbenen nach Mykonos kommen wird. Gegner wird der örtliche Viertligist AO

Mykonos sein. Das Spiel findet im örtlichen Kouros-Stadion statt, indem sich der Mord ereignete!"

Geschmacklos. Typisch Olympiakos, dachte Alex. Doch nichts hätte ihn weniger interessieren können. Ich muss etwas essen, mir ist schon ganz schlecht. Er ging in die Küche und aß ein trockenes Pita und spülte es mit Wasser herunter.

Ich werde hier wahnsinnig. Jede Minute schaue ich auf die Uhr. Allein halt ich es nicht aus.

André. Maria sagte, er habe heute Nachtdienst in der Klinik. Andererseits: käme Angelos nach Hause und würde André sehen, wäre alles vorbei. Alex wartete noch dreißig Minuten, dann griff er zum Telefon.

„Andre? Kannst du vorbeikommen?"

„Er ist also nicht gekommen!"

Maria hatte ihn offensichtlich vorgewarnt.

„Kein Problem, ich komme. Wenn etwas ist, bin ich ja in fünf Minuten in der Klinik. Bin gleich da!"

„Danke!"

Als André kam, nahm er Alex in die Arme.

„Oh Gott. Du siehst ja furchtbar aus. Ich könnte ihn umbringen. Wie kann er dir das antun? Am liebsten würde ich meine Leber zurückfordern!"

„Ach, ich weiß nicht einmal, ob ich nicht mitschuldig bin an der ganzen Situation!"

„Typisch! Selbst jetzt nimmst du ihn noch in Schutz. Wie wär´s mit einem doppelten Espresso? Ich muss ja wachbleiben!"

Sie gingen in die Küche.

„Vielleicht liegt es an der Operation? Oder den Tabletten, dass er reizbarer ist?", fragte Alex und klammerte sich an jeden Strohhalm.

„Gut, ein Kinderspiel war das Ganze nicht. Ich habe selbst Probleme und ich bin nur der Spender. Die Medikamente können schon depressiv machen, sie setzen das Immunsystem außer Kraft. Bei Herz oder Lunge fühlen sich die Patienten hinterher viel besser, weil das Leben vorher eine Qual war. Bei der Leber ist es anders. Angelos hatte ja keine Beschwerden oder eine Zirrhose. Aber: er wäre ohne dich verblutet!"

„Und ohne dich im Krankenhaus gestorben!"

„Ich kann nicht ohne ihn", ergänzte Alex.

„Hör mal. Das Leben ist nicht vorbei. Zugegeben, er sieht gut aus, ist klug, aber er kann ein ganz schönes Ekel sein!"

„Aber nur zu dir. Da war er eifersüchtig. Sonst ist er perfekt!"

„Oh herrje. Er ist nicht Gott, Alex."
André hörte ein leises „für mich schon" und sagte nichts mehr.
„Wenn es tatsächlich auseinandergeht, packe ich dich ins Flugzeug und wir fahren irgendwohin!"
„Das ist nett gemeint, aber mein Gesicht würde dir jeden Urlaub vermiesen!"
„Gut, jetzt warten wir doch erstmal ab!"
Zwei Stunden später war Alex vor lauter Erschöpfung auf dem Küchenstuhl einge-schlafen. Und auch André, der mittlerweile 30 Stunden Bereitschaft auf dem Buckel hatte, zerschellte auf dem Sofa.

31

Und dann kam er.
Es war 9.00 Uhr morgens.
Als Angelos André auf der Couch liegen sah,
entgleiste ihm das Gesicht.
„Wieso überrascht mich das jetzt nicht? Das
hätte ich mir denken können."
„Spar dir deine blöden Sprüche. Ich bin hier,
um einem Freund beizustehen, der verzweifelt
ist. Angelos, du bist ein Riesenarschloch. Und
du kannst mir ruhig eine reinhauen. Das
kannst du ja!"
„Dann hat dir Alex aber nicht die ganze
Geschichte erzählt. War ja klar. Ich bin das
Arschloch? Dann pass mal jetzt genau auf!"
Angelos ging in die Küche.
Alex schreckte hoch. Noch vollkommen
benebelt von der Ohnmacht ähnlichen
Nacht auf dem Stuhl, sah er Angelos an und
fragte: „Hast du …?"
Angelos sah André an und lächelte gequält.
„Und ich bin das Arschloch, sagst du? Zu eurer
Information: drei Mal hat mir Alex unterstellt,
ich wäre fremdgegangen, richtig?"
„Ja", sagte Alex ganz leise.
„Und wie oft hat es gestimmt?"

„Kein einziges Mal. Und die Ohrfeige damals hatte ich verdient!"

„Oh ja. Das hast du jedem erzählt, aber nicht die Geschichte dazu. Jeder war auf deiner Seite. Der arme Alex wird von seinem Tyrannen verprügelt und nimmt dann auch noch die Schuld auf sich. Wie edel! Bis heute weiß niemand, was damals passiert ist. Aber jeder weiß, dass ich dich geschlagen habe! Kennt wenigstens André die richtige Geschichte? Nein? Dachte ich mir."

„Ich habe gedacht, er hätte Sex mit Dimitri gehabt. Was nicht stimmte", sagte Alex kleinlaut.

„Mit einem 17-jährigen. So etwas musste ich mir anhören!"

Alex schämte sich noch immer für diesen Tag. Aber Angelos´ Worte hießen: er hat also nicht mit dem Richter geschlafen, dachte Alex, auf ein gutes Ende hoffend.

„Aber ich kann euch Folgendes sagen: heute wird es tatsächlich passieren. Ich werde mit Kostas schlafen. Ich habe die Faxen dick, die dauernden Unterstellungen, alle haltlos. Ich habe nie daran gedacht, dass ihr beide etwas hattet, obwohl es Anzeichen gab. Ich habe dir halt vertraut, Alex. Aber du mir nicht.

Und das ist nicht das Einzige. Ich ertrage es nicht mehr, dass du dich in den Augen anderer immer herabsetzt und ich als das besserwisserische Arschloch dastehe. So denkt jeder ‚ach, der arme Alex' und von mir heißt es ‚Angelos, der Angeber'! So bin ich nicht und du weißt das. Aber dennoch bist du es, der überall diesen Eindruck erweckt und dann das ‚Mitleid' genießt. Alex, der Gute, und Angelos, das Arschloch!"

Angelos redete sich in Rage und Alex wurde immer bleicher, weil er die Konsequenz aus dieser Rede ahnte und fürchtete.

„Und sag jetzt nicht, was du alles für mich getan hast. Uns ging es beiden nicht gut und wir haben uns gegenseitig geholfen. Da ist keiner dem anderen etwas schuldig."

Stille.

„Ich werde dem Stadtrat vorschlagen, dich als hauptamtlichen Kommissar einzustellen. Und ich bleibe Bürgermeister. So. Das Geld im Keller kannst du behalten und die Haushälfte überschreibe ich dir. Jetzt gehe ich zu jemandem, der sich über meine Gesellschaft freut. Der mich vielleicht zu schätzen weiß."

Dann drehte sich Angelos zu André und sagte:

„Bitte schön. Jetzt ist er frei. Ich wünsche viel Glück!"

Während Angelos zur Tür hinausrauschte, fiel Alex in Ohnmacht.

32

Als Alex wieder zu sich kam, sah er die Köpfe von André und Mantzaris vor sich.

„Ich hatte gehofft, ein anderes Gesicht zu sehen", sagte er leise. „Sagt mir, dass alles nur ein Traum ist!"

Aber André schüttelte den Kopf.

„Nein. Angelos ist weg. Und auch wenn du es nicht hören magst: zumindest ein Stück weit kann ich ihn verstehen. Sorry!"

Alex nickte.

„Ich habe es verbockt. Aber ihr versteht es nicht. Es ist nicht nur einfach das Ende einer

Ehe.. er ist, er war …"

„Dein Gott", ergänzte André.

„Ja, das war er wohl!"

Noch immer lag Alex bewegungslos im Bett.

Mantzaris setzte sich auf die Bettkante.

„Aber es noch nicht alles verloren. Angelos ist nicht zu Markovits gefahren, sondern ins Hotel Eleni."

„Was?" Alex schöpfte wieder Hoffnung.

„Und: ich hatte ein Gespräch mit dem ehrenwerten Richter!"

Mantzaris zückte sein Handy.

„Du hast ein Gespräch aufgezeichnet? Du als Richter?"

„Erstens bin ich Richter a.D. und zweitens solltest du mir dankbar dafür sein! Es könnte helfen."

„Inwiefern?", fragte Alex.

„Hör einfach zu!"

Mantzaris (im Folgenden M): Guten Morgen, Herr Kollege!

Markovits (im Folgenden Z: Was führt Sie denn hierher?"

M: Ich bin in einer privaten Angelegenheit hier. Es geht um Angelos.

Z: Lassen Sie mich raten. Sein Ex-Mann hat Sie geschickt.

M: Ich lasse mich von niemandem irgendwo hinschicken. Und Alex und Angelos sind immer noch verheiratet.

Z: Auf dem Papier ja. Sehr glücklich wirkt Angelos aber nicht.

Es war etwas zu hören, was wie ein sarkastisches Lächeln klang.

M: Das können Sie gar nicht beurteilen. Und außerdem haben Sie einen gehörigen Anteil daran.

Z: Bei allem Respekt. Das geht Sie gar nichts an. Und ich zwinge Angelos zu nichts.

M: Es geht mich sehr wohl etwas an. Beide sind meine Freunde. Eine Frage: meinen Sie es ernst mit Angelos?

Z: (lachend) Er ist schön und klug. Eine seltene Kombination. So etwas kann man sich nicht entgehen lassen.

M: Sie meinen für eine Nacht oder zwei?

Z: Nun, heiraten will ich ihn nicht gleich. Ich halte überhaupt nichts von der Ehe. Das funktioniert nicht. Irgendwann lassen die Gefühle nach und dann wird es hässlich. Also gehe ich dem aus dem Weg.

M: Und was machen Sie, wenn der andere etwas mehr will? Oder Gefühle für Sie entwickelt?

Z: Ich glaube nicht, dass wir dieses Gespräch führen. Ich bin Richter und kein Angeklagter.

M: Sie haben meine Frage nicht beantwortet.

Z: Bitte schön: sobald es schwierig wird, lasse ich die Finger davon. Ich mag keine Verpflichtungen. Und ich denke, Angelos sieht das mittlerweile genauso. Er könnte bei seinem Aussehen ein problemloses Leben führen und sich nehmen, was er will. Was er bestimmt auch schon getan hat.

M: Hat er nicht. Und er sucht garantiert nicht das, was Sie ein problemloses Leben nennen! Aber danke für das Gespräch und Ihre Offenheit.

In Alex´ Schlafzimmer in Ornos sagte zunächst niemand etwas.

„Er ist also genau das Arschloch, für das ich ihn halte. Leider hat Angelos es nicht gehört!", sagte Alex sichtlich aufgebracht.

„Er wird es hören. Das verspreche ich dir. Mehr kann ich aber nicht tun", antwortete Mantzaris.

„Dann sollte er es aber vor heute Abend hören. Sonst ist es zu spät. Aber ich bin dir dankbar für den Versuch!"

33

Keine zehn Minuten, nachdem Angelos im Hotel eingecheckt hatte, verbreitete sich die Nachricht, dass sich die beiden Kommissare getrennt hatten.

Der Mann lächelte. Good News. Das hieße, die Kripo auf Mykonos wäre außer Betrieb, denn die beiden Ermittler *waren* die Kripo. Die Herren haben momentan sicher anderes im Sinn, als den Tod eines Olympiakos-Schweins aufzuklären. Hoffentlich geht das Gezeter noch ein paar Tage weiter. Der neue Richter und Angelos Nikakis waren ja bei der Schlampe Andritsos und hatten ein Notebook mitgenommen. Vielleicht würden sie darauf Hinweise finden, was für ein krimineller, abscheulicher Mensch Andritsos war.

Es ist doch sehr hilfreich, wenn man 1.311 Gleichgesinnte hat. Viel effektiver als ein Kamera-Netzwerk. Die zwei waren noch nicht einmal im Haus, da hatte es der Mann schon erfahren. Sorgen machte er sich keine. Auf ihn als Täter deutete nichts hin.

Und jetzt würde er eine unfassbar günstige Gelegenheit bekommen. Die asozialen Rot-Weißen kommen tatsächlich auf die Insel.

Zu einem Benefizspiel für einen ... Dem Mann schwoll der Kamm. Nur mit Mühe brachte er seinen Blutdruck wieder unter Kontrolle.

Ruhig. Nur so kommst du zum Ziel.

Der zweite auf der Liste. Er würde nicht nach Piräus fahren müssen, nein, er könnte sein Werk hier vollenden und hätte dabei auch noch den Vorteil, dass seine Jungs ihm helfen würden. Seine 1.311 Jungs. Zumindest der Teil davon, der von den Geschehnissen wusste.

Es klopfte an Angelos Zimmertüre.

„André oder Mantzaris?", rief er von innen.

„Mantzaris. Komm, mach auf!"

Tatsächlich öffnete Angelos die Tür.

Und Mantzaris bekam einen Angelos zu sehen, den er bisher nicht kannte.

Angetrunken, mit glasigen Augen.

„Da bist du jetzt platt. Der Herr Bürgermeister trinkt. Habe ich aber früher schon. Bevor du mich kennengelernt hast. Nach meiner Vergewaltigung!"

Angelos sprach in abgehackten Sätzen wie es Angetrunkene häufig tun.

„Bist du verrückt? Alkohol bei deinen Tabletten?"

„Ach, die habe ich heute noch gar nicht genommen!"

„Spinnst du? Das ist lebensgefährlich!"

Mantzaris bekam einen hochroten Kopf.

„Bist du gekommen, um mich fertig zu machen oder was ist sonst der Grund?"

„Nein. Ich will mit dir reden. Und dir etwas vorspielen", antwortete Mantzaris.

Angelos ließ sich aufs Bett fallen.

„Der einzige Sessel hier ist für dich! Also bitte, ich bin bereit für eine Standpauke!"

„Da muss ich dich enttäuschen. Ich mag euch beide und würde auch im entgegengesetzten Fall so handeln. Halt, das habe ich schon, damals …"

„Stopp! Habe ich nicht vergessen", unterbrach ihn Angelos.

„Ich will dir nur sagen, dass ich dich teilweise verstehen kann", sagte Mantzaris.

„Da bist du wohl der Einzige!"

„Stimmt nicht. Selbst André sieht mittlerweile ein, dass du nicht der Böse bist."

„Ist das so? Ich dachte immer, André ist der Vorsitzende im ‚Alex-Fanclub'!"

„Zynismus steht dir nicht! Darf ich jetzt?"
Mantzaris zückte sein Handy und drückte die Wiedergabe.

Zu hören war sein Gespräch mit Kostas, dem Richter. Danach war es lange still in dem Zimmer.

„Na, wenigstens hat er mich als klug und schön bezeichnet!"

Mantzaris lachte.

„So gefällst du mir schon besser. Aber der ist es nicht wert. Bitte. So bist du nicht. Du bist für ihn nur eine Beute und danach interessiert er sich nicht mehr für dich!"

„Wieder ein Griff ins Klo. Ich habe dafür wirklich ein Händchen."

„War denn Alex ein Griff ins Klo?", fragte Mantzaris.

„Oh Gott, nein. Er war anders. Aber …"

„Ich weiß, was dich stört oder was euch hat auseinanderdriften lassen. Aber ist es so gravierend, dass man alles wegwirft?"

„Ich werfe nichts weg. Ich habe lang genug zugeschaut und immer wieder meinen Ärger heruntergeschluckt. Das ‚es tut mir leid' hilft nämlich nichts, wenn man schon verletzt ist. Das Schlimmste aber ist, dass er tatsächlich geglaubt hat, ich hätte ihn betrogen. Zum dritten Mal. Mein eigener Mann kennt mich offensichtlich nicht. Er vertraut mir nicht. Das ist der Punkt!"

„Ja, weil seine Angst, dich zu verlieren, größer ist als sein Verstand, der ihm sagt, dass er dir vertrauen kann."

„Was soll ich denn noch tun, um ihm diese Angst zu nehmen? Mehr als treu kann ich doch nicht sein", regte sich Angelos auf.

„Alex hat mir einen Brief mitgegeben, weil...", doch weiter kam Mantzaris nicht.

„Und der gibt mir jetzt den Rest", Angelos ließ sich aufs Kissen fallen.

„Nein. Das glaube ich nicht. Jemand, der in einer solchen Situation so einen Brief schreibt, der hat wahre Größe!"

Als sich Angelos im Bett aufsetzte, hatte er schon Tränen in den Augen. Er war schlicht vollkommen durcheinander.

„Ich habe dich noch nie weinen sehen", sagte Mantzaris verblüfft, der zwar wusste, dass Angelos eine fragile Seite hatte, aber live hatte er es noch nie erlebt.

„Dann ist es heute eine Premiere für dich. Männer, die stolz darauf sind, dass sie ihre Gefühle zurückhalten können, sind Vollidioten."

„Danke für die Blumen!" Mantzaris grinste.

„Aber das hier bringt selbst das kälteste Herz zum Schmelzen!"

Er gab Angelos den Brief.

35

Im Hof von Petritsis war die Hölle los. Er hatte
eine Kfz-Werkstatt in Ano Mera mit einem
relativ großen Platz davor. Alle 1.311 Panathinaikos-Fans waren zwar nicht gekommen,
aber gut 400, schätzte er. Es lebe Facebook.
Früher hatte man jeden Einzelnen anrufen
müssen und ganz früher hatten die wenigsten
überhaupt ein Telefon.
Und die Stimmung war aufgeheizt. Die Nachricht, dass der verhasste „Vorortverein" (für
Athener ist Piräus nur ein unbedeutender
Stadtteil) nach Mykonos kommt, versetzte den
gegnerischen Fanklub in Alarmstimmung.
Das Benefizspiel musste unbedingt verhindert
oder zumindest nachhaltig gestört werden.
„Wir blockieren die Landebahn", schrie einer.
„Macht euch nicht lächerlich. Außerdem
kommen sie mit dem Schiff!"
„Wieso das denn?", fragte der Nächste.
„Weil sie nicht nach Athen zum Flughafen
fahren wollen. Machen sie nur, wenn es nicht
anders geht. Bei europäischen Spielen", sagte
Petritsis und die Menge johlte. Petritsis hatte
die Menge im Griff. Europäisch war Olympiakos seit Jahren erfolglos. Panathinaikos
erreichte sogar einmal das Halbfinale der

Euro-League. Ein Ereignis, von dem die Fans noch heute zehren.

„Dann blockieren wir den Hafen!"

„Geht nicht. Dann fahren sie mit einem Boot nach Ornos. Das Problem ist ein ganz anderes: Der Bürgermeister hat angeordnet, dass Panathinaikos-Fans keine Tickets bekommen!"

Ein Aufschrei ging durch die Menge.

„Die blöde Schwuchtel!"

„Der ist doch selbst ein Rot-Weißer! Kein Wunder!"

Womit die Zwischenrufer ja recht hatten. Am allerwenigsten wollte Angelos aber Ärger. Deswegen hatte er verfügt, dass nur personalisierte Tickets ausgegeben werden. Er hatte – Gott weiß woher – eine Liste des P-Fanklubs und so konnten keine Grüne ins Stadion gelangen.

„Dann machen wir vor dem Stadion Rabatz!"

„Da kommen wir gar nicht hin. Nikakis lässt die Uferstraße bereits in der Chora komplett dichtmachen. Nur wer ein Ticket hat, darf weiterfahren. Da gibt es kein Durchkommen!"

„Aber der Herr Bürgermeister weiß nicht alles. Außerdem hat er – wie ich gehört habe – ein paar private Probleme!"

Der ganze Hof lachte. Wie gesagt, Buschfunk plus Facebook ergeben eine mediale Lichtgeschwindigkeit.

„Hört zu. Der ganze Vorstand der Unaussprechlichen begibt sich nach dem Spiel zur Kartbahn. Die gehört nämlich einem der Idioten und dort will man einen PR- und Fototermin abhalten. Das weiß bisher niemand, nicht einmal unser siebengescheiter, rot-weißer Bürgermeister!"

Gejohle.

„Dort werden wir denen gewaltig einheizen! Also: Sonntag, 17.30 Uhr an der Kartbahn!"

Der Mann vernahm die Nachricht mit großer Freude. Das Schicksal meinte es gut mit ihm! Nicht nur, dass Ziel Nummer Zwei nach Mykonos käme. Nein, er würde auch noch in meiner Nähe sein, dachte der Mann.

Und vielleicht sollte man gleich den gesamten Vorstand dieser Bagage in die Luft sprengen.

Ich würde in die Geschichte eingehen.

Aber meine Mission ist wichtiger.

Angelos hingegen haderte mit seinem Schicksal. Die Handyaufnahme des Gesprächs zwischen Kostas, dem Richter, und Mantzaris hatte ihn mehr getroffen, als er nach außen zeigte. Noch einer, der nur auf das Äußere schaut. Typisch für uns Schwule, dachte Angelos. Nur: mein Fall war das noch nie. Ich bin 30, wurde bestimmt 500 Mal heftigst angebaggert – geschlafen habe ich gerade Mal mit dreien. Ohne die zwei Vergewaltigungen, die er zwar überstanden hatte, aber nie vergessen würde. Eine davon musste er über sich ergehen lassen, um Alex vor dem Gefängnis zu bewahren. Aber es war meine Entscheidung und damals habe ich nicht gezögert. Schade, dass Alex nie begriffen hat, was es für das Opfer einer Vergewaltigung bedeutet, das Ganze noch einmal erleben zu müssen – und das auch noch mit Ansage. Gut, wie sollte Alex es wissen. Er kennt die Situation nicht, erst recht nicht die Folgen. Angelos sah zu der Gin-Flasche auf dem Tisch.

Ich habe mich damals fast totgesoffen. Nein, das passiert nicht noch einmal.

Also gut. Lesen wir den Brief.

Lieber Angelos (denn das wirst du immer für mich bleiben)!

Keine Angst – dies ist kein rührseliger, flehender oder vorwurfsvoller Brief.

Nein. Schuld habe ich. Und ich meine das vollkommen ehrlich, nicht nur, um dich zu überzeugen, zurückzukommen.

Ich bin stolz auf Deine Leistungen als Kommissar, habe aber dadurch gleichzeitig meine Grenzen kennengelernt. Neid war es weniger, aber meine spöttischen Bemerkungen entsprangen einem Bauchgefühl der Unzufriedenheit, für die du aber nicht verantwortlich bist. Meine Bemerkungen waren schlicht unfair. Nun, da du weg bist, bringt es nichts mehr, Dich um Entschuldigung zu bitten. Ich tue es dennoch.

Schlimmer war jedoch mein mangelndes Vertrauen. In allen Fällen hatte ich mir das Schlimmste ausgemalt. Ich hätte wissen müssen, dass nichts passiert und Du treu bist. Das warst Du immer und ich habe es honoriert, indem ich Dir Dinge unterstellt habe, die Du nie tun würdest. Vielleicht hättest Du damals zwei Mal zuschlagen sollen, damit ich zur Besinnung komme.

Es war, wenn ich es erklären darf, die Angst Dich zu verlieren, die mich gefangen hält oder hielt.

Du warst das Beste, was mir je passiert ist und ich danke Dir für alles, was Du mir gegeben hast. Auch wenn es jetzt zu Ende geht: es war die schönste Zeit meines Lebens.

Ich hoffe, auch Du siehst auf diese Zeit als eine gute zurück. Vielleicht habe auch ich Dir etwas geben können.

Ich hoffe es.

Natürlich werde ich das Geld nicht anrühren – es gehört Dir!

Und selbstverständlich gehört die Hälfte des Hauses auch weiterhin Dir. Hier wird immer ein Platz für Dich sein – auch wenn Du nie mehr zurückkommen solltest. Wie ich damit zurecht- komme, weiß ich nicht. Aber das darf Dich nicht belasten.

Ich wünsche Dir, dass Du glücklich wirst, denn Du hast es verdient, nach allem, was Du durchmachen musstest. Ich hoffe, zumindest in dem Punkt konnte ich Dir etwas helfen.

Der Mann, der Dich bekommt, weiß hoffent- lich, was für ein Glück er hat. Ich hätte es wissen müssen und habe in dem Punkt versagt. Ich könnte mich selbst schlagen für meine Dummheit und Undankbarkeit.

Solltest Du eines Tages zurückkommen – wann immer es sein mag, morgen oder in einem Jahr, wirst Du mich strahlen sehen. Vorzuwerfen habe ich Dir: gar nichts.

Ich liebe Dich und werde es immer tun, agapi-mou!

38

Nach einer halben Stunde kam Mantzaris
zurück in Angelos´ Zimmer.
„Und? Wie viele Menschen bekommen in
ihrem Leben einen derartigen Brief?"
Angelos holte tief Luft.
„Kannst du bitte Alex anrufen und ihm sagen,
dass ich am Abend vorbeikomme – wenn er
es möchte!"
„Diesen Anruf mache ich mit größter Freude.
Ich bin wirklich erleichtert. Und natürlich
möchte Alex, dass du kommst. Er wünscht sich
nichts anderes. Aber warum erst am Abend?"
Angelos schaute Mantzaris verständnislos an.
„Schau mich doch an. Ich muss eine Runde
schlafen. Aufgedunsenes und verheultes
Gesicht. Ich muss auf meinen Ruf achten.
Schließlich bin ich der schönste Mann der
Insel!"
Mantzaris lachte laut.
„Du bist wieder der Alte. Gott sei gedankt!"

Am Abend fuhr Angelos nach Ornos. Zuvor
hatte er mehrere Anrufe von Richter Markovits
ignoriert. Soll er sich doch irgendeinen Stricher
holen, dachte Angelos.

Zuhause angekommen, öffnete er die Haus-
türe. Alex stand im Wohnzimmer und seine
Augen leuchteten wie die eines Kindes vor
dem Weihnachtsbaum.

„Hallo, Alex!"

Drei Sekunden später lagen sich die Herren
Nikakis in den Armen.

„Zweifle nie mehr an meiner Treue, arkoudaki-
mou!", flüsterte Angelos Alex ins Ohr.

Mein Bärchen.

„Ich rasiere morgen alles ab!"

„Bist du verrückt? Ich mag es so, wie es ist.
Zumindest so lange, bis dir Haare auf dem
Rücken oder aus den Ohren wachsen!"

Sie gingen in die Küche. Das Espresso-Ritual,
das sich mindestens acht Mal pro Tag
wiederholte.

„Ich habe nur eine Bitte: können wir das große
Gespräch verschieben? Ich habe morgen
dieses dämliche Fußballspiel und dann
müssen wir noch diesen Mord aufklären!",
sagte Angelos.

„Von mir aus kann das Gespräch ausfallen.
Ich war ein Idiot und bin froh, dass du wieder
da bist", antwortete Alex, der über das ganze
Gesicht strahlte.

„Also ganz so einfach mache ich es dir nicht!
Ein paar Regeln müssen schon sein. Sonst
passiert uns das Ganze noch einmal!"

„Was immer du willst", antwortete Alex.

„Nein, eben nicht. Ich bin nicht dein Diktator!
Genau deswegen müssen wir reden. Nur nicht
heute!"

„Hm. Dann könnten wir doch …", begann
Alex.

Angelos lachte.

„Oh, du alter Geschlechtsdepp. Sei mir nicht
böse. Ich bin zu fertig für größere Turn-
übungen. Reicht heute nicht einfach
Kuscheln?"

„Und wie mir das reicht", antwortete ein
glücklicher Alex.

„Außerdem müssen wir früh raus. Die Bereit-
schaftspolizei baut bei uns ihren Kommandostand auf!"

„Hier? Warum das denn?"

„Alex, weil das Stadion nur zwei Häuser
entfernt ist und unsere Küche ohnehin schon
eine bessere Polizeistation ist!"

Was eine Untertreibung war. Nach einem Einsatz des Geheimdienstes FYP hatte man ihnen
ein „bisschen" Technik dagelassen.
Sämtliche Kamerabilder der Insel wurden in
Alex´ und Angelos´ Küche geliefert.

Notebooks mit dem Zugang zu allen Polizeidateien erleichterten ihnen die Ermittlungsarbeit ungemein. Und auch feuerwaffentechnisch war man auf höchstem Level. Für Alex kein großer Zusatznutzen, denn seine Schüsse hatten die Streubreite einer Handgranate. Aber Angelos und seine Glock waren eine sichere Bank.

„Die Glock wirst du morgen ja nicht brauchen. Ist ja nur ein Fußballspiel", sagte Alex.

„Ich weiß nicht. Ich habe das Gefühl, bei dem einen Mord bleibt es nicht!"

„Wie kommst du darauf?", fragte Alex.

„Bauchgefühl eines Superbullen", sagte Angelos und grinste breit.

„Ach, übrigens, wessen Idee war denn dieser Brief? Mantzaris?"

Alex schüttelte den Kopf.

„Es war Andrés Idee!"

„Waaaas? Wieso das denn? Er kann mich doch eigentlich gar nicht leiden!"

„Das stimmt nicht. Er mag dich sehr wohl. Es war nur anfangs etwas holprig. Ja, es war seine Idee. Aber der Text war von mir. Und ehrlich gemeint. Jedes Wort!"

39

Am nächsten Morgen war Alex früh wach.
Angelos hingegen schlief so fest, dass es eher
einem Koma ähnelte. Er hatte seinen Körper
an Alex geschmiegt und schnarchte leise. Die
Wärme seines Körpers und sein Geruch ließen
in Alex ein Glücksgefühl hochkommen, dass
nur mit der ersten Nacht vergleichbar war.
Irgendwie war auch diese Nacht die erste.
Ich habe Glück gehabt, dachte Alex.
Ich hätte fast alles verbockt. Und das wird mir
nie wieder passieren.
Er schob Angelos langsam zur Seite, zog sich
an und fuhr mit dem SUV in die Stadt. Er
parkte bei den Windmühlen und ging die
wenigen Schritte hinunter zur Bischofskirche.
Alex ging hinein, nahm eine der Votivkerzen
und steckte sie in den hölzernen Halter.
Als die Kerze brannte, sagte er:
„Ich weiß zwar nicht, ob es dich gibt. Aber
trotzdem danke!"
Als er gehen wollte, drehte er sich nochmals
um und meinte: „Aber erwarte nicht, dass ich
jetzt öfters komme. Die Uhrzeiten sind einfach
unmöglich."
Plötzlich hörte er eine Stimme.

„Schade. Dabei wären Sie und der Bürger-
meister jederzeit willkommen!"
Verwirrt sah sich Alex um.
Es war Pater Mihalis, der breit lächelte.

40

„Pass auf dich auf", sagte Alex zu Angelos, als
dieser zum Stadion gehen wollte. Das Haus
glich einem militärischen Kommandostand mit
entsprechendem Gewusel.
„Was soll schon passieren? Es sind ja keine
Panathinaikos-Fans im Stadion!"
„Wieso das denn?"
„Weil die Tickets alle personalisiert sind. Und
wer auf der Liste des P-Fanclubs steht, konnte
so keine kaufen, auch nicht über Stroh-
männer!"
„Das ist empörend. Klare Diskriminierung.

Typisch Rot-Weiß", entrüstete sich Alex gespielt. „Vor allem wird dich kein P-Fan mehr wählen!"

„Was mir sowas von egal ist, weil ich ohnehin nicht mehr antrete!", antwortete Angelos mit einem Grinsen.

Was stimmte. Angelos hatte das vor der Wahl allen klargemacht.

„Gott sei Dank. Ich dachte schon, ich muss als First Lady im Wahlkampf auftreten!"

Angelos lachte.

„Eine ziemlich haarige First Lady."

„Und nach dem Match werden die Spieler die 50 Meter zum Kite-Surfer-Strand gehen und dann mit zwei Booten zum Schiff gebracht! Einsatz beendet", sagte Angelos.

„Übrigens brauchen wir für morgen zwei Tickets nach Athen!"

„Was machen wir in Athen?", fragte Alex.

„Etwas für mich Unerträgliches. Wir treffen uns mit dem Eigentümer von Panathinaikos. Und vorher müssen wir noch mit Sofianidis sprechen!"

„Wer ist denn bitte das?"

„Typisch Grüner. Keine Ahnung von Fußball. Das ist einer der Spieler von AO Mykonos, Alex! Er stand auf Andritsos´ Liste!"

„Ich habe offensichtlich einiges verpasst!"

Vor Großdemonstrationen beten die meisten Polizisten darum, dass das Wetter richtig schlecht sein würde. Und zwar so schlecht, dass die Demonstranten gleich zuhause bleiben. Selbst ein untergehender Planet bringt keinen bei eiskaltem Wind und Regen nach draußen.

Und Mykonos tat Angelos und Alex den Gefallen. Vor dem Spiel pfiff ein eiskalter Wind, für den Ornos ohnehin anfällig ist.

Und mit zwölf Grad herrschte für griechische Verhältnisse fast sibirische Kälte.

Zum Spiel beruhigte sich das Wetter und es kam sogar die Sonne heraus.

Es blieb vollkommen friedlich. Und Olympiakos gewann Zwölf zu Null gegen den Ortsverein. Nach dem Spiel brachte man die Spieler zum Strand – und weg waren sie.

„Puuh. Überstanden", sagte Angelos, als er ihr Haus betrat. „Aber sagt mal, warum ist denn die Polizei schon bei der Halbzeit abgezogen worden?"

41

Dimitris Agrafiotis frohlockte. Er hatte es tatsächlich geschafft. Der gesamte Vorstand von Olympiakos Piräus saß im Bus und man war auf dem Weg zu seiner Kartbahn.

Ein gemeinsames Foto in der Presse plus ein Bericht in der nächsten Stadionzeitung würde zahlreiche rot-weiße Fans zu ihm auf die Kartbahn nach Mykonos „spülen".

Und das war dringend nötig, denn allein von Touristen konnte die Bahn nicht leben.

Kartfahren kann man auch zuhause, erkannte Agrafiotis zu spät. Es war eine bescheuerte Idee, aber nun galt es, den Fehler in einen Gewinn umzumünzen.

Als sich der Bus der Kartbahn näherte und über die letzte Kuppe davor fuhr, war Agrafiotis konsterniert. Der gesamte Parkplatz und auch die Seitenstreifen waren komplett zugeparkt.

Er freute sich noch über den vermeintlich großen Betrieb auf seiner Bahn, als mit einem lauten Knall die Frontscheibe barst und ein faustgroßer Stein im Bus landete.

Grüne! Panathinaikos-Fans! Woher wussten die, dass wir kommen?

Der Busfahrer blieb unverletzt und legte sofort den Rückwärtsgang ein. Währenddessen brüllten die Grünen und warfen Dutzende von Steinen auf den Bus. Manche hatten sogar Prügel dabei. Die schnelle Reaktion des Fahrers verhinderte Schlimmeres. Die Fans hatten sich gegenseitig zugeparkt und konnten nicht sofort die Verfolgung aufnehmen. Der Bus hatte trotz des Rückwärtsfahrens eine halbe Minute Vorsprung. Der nachfolgende Verkehr kümmerte den Busfahrer nicht. Er fürchtete um sein Leben. Vor der 180-Grad-Kurve beim Proton-Supermarkt bog er links ab Richtung Paradise. Hinter den Felsen hielt er an. Die Verfolger fuhren auf der Hauptstraße weiter. Sie hatten nicht bemerkt, dass der Bus abgebogen war. Aufatmen im Bus.

Dimitris Agrafiotis hatte die Polizei verständigt, die fünf Minuten später mit 30 Beamten vor Ort war.

Sie standen am Stadion einsatzbereit und Alex schickte alles hin, was Beine hatte.

„Es tut mir leid", sagte Dimitris Agrafiotis zum großen Boss.

„Natürlich brechen wir das Ganze ab!"

„Papperlapapp. Wir lassen uns doch nicht von einer Horde asozialer Grüner ein-

schüchtern. Selbstverständlich fahren wir zu
deiner Bahn. Jetzt erst recht!"

Dimitris Agrafiotis wusste nicht, ob er sich
freuen sollte. Er hatte Angst. Der große Boss
erklärte den Beamten, dass er keineswegs
beabsichtige, die Insel zu verlassen. Man
werde zu der Bahn fahren, auch wenn es Tote
gäbe. Basta.

Und so fuhren zwei Polizeiwagen vorneweg,
rechts und links davon je zehn Beamte mit
Schlagstöcken.

Es gab heftige Tumulte und Verletzte, aber
letztendlich erreichte der Bus die Schranke
des Parkplatzes, der zwischenzeitlich von der
Polizei geräumt worden war.

Dimitris Agrafiotis stieg aus. Mit diesem Bus
wird nie mehr jemand transportiert, dachte er.
Die Fenster waren zertrümmert, die Karosserie
komplett demoliert. Totalschaden. Seine Vorstandskollegen hatten fast alle Platzwunden
am Kopf und bluteten stark.

Trotzdem grinste der große Boss.

„Das, mein Lieber, werden unbezahlbare
Bilder. Damit kommt auf Panathinaikos ein
Shitstorm ohnegleichen zu. Nicht nur von uns,
das kratzt die nicht: aber die Medien werden
auf unserer Seite sein! So und jetzt drehen wir
eine Runde!"

Dimitris Agrafiotis stand zwar noch immer unter Schock, aber der große Boss hatte recht. Und für mich wird es sich besonders lohnen, dachte er. Die Kartbahn wird zur Kultbahn. Er frohlockte.

Er sollte richtig liegen mit der Kultbahn, aber aus einem ganz anderen Grund.

Zehn Minuten später saßen er und der große Boss in den Karts. Natürlich musste Agrafiotis den großen Boss gewinnen lassen.

Aber dafür musste Agrafiotis nichts tun. Bereits in der ersten Kurve merkte er mit Schrecken, dass die Bremsen nicht funktionieren. Instinktiv blickte er nach unten zu den Pedalen. Als er wieder aufblickte, flog er bereits durch die Luft. Da er schneller flog als das Kart, knallte er zuerst gegen den Mast. Sein Schädel zerbarst regelrecht.

Der Vorstand von Olympiakos Piräus hatte nun ein Mitglied weniger.

42

Alex machte ein betretenes Gesicht.

„Was machst du denn für ein Gesicht?"
„Die Panathinaikos-Fans haben sich alle an der Kartbahn versammelt. Offensichtlich gehört sie einem Vorstandsmitglied von Olympiakos. Er hat die anderen Vorstände dazu verdonnert, während des Spiels zu einem PR-Termin auf seiner Kartbahn zu erscheinen. Die P-Fans wussten davon und hätten sie fast gelyncht!"
„Oh Scheiße. Und?"
„Mit Schlagstöcken hat man sie im Zaun gehalten", antwortete der Einsatzleiter.
„Gut so! Dann passt doch alles!"
„Leider nein. Man veranstaltete ein kleines Rennen. Und einer der Vorstände flog in hohem Bogen aus der Bahn und knallte gegen einen Strommast!"
„Tot?"
„Der Strommast? Nein. Der Vorstand? Sowas von tot!"
„Um Gottes Willen. Noch mehr Ärger!", stöhnte Angelos.

„Ganz bestimmt. Denn die Augenzeugen sagen, das Opfer konnte nicht bremsen", sagte Alex.

„Ist die Leiche noch dort?", fragte Angelos.

„Ja, ich habe denen gesagt, sie sollen nichts anfassen, bis der Chef da ist", antwortete Alex und hätte sich sofort ohrfeigen können. Schnell fügte er hinzu: „Damit habe ich den Bürgermeister gemeint, nicht den Kommissar!"

„Im Herausreden warst du schon immer gut, arkouda-mou!", sagte Angelos.

Das „Bärchen" beruhigte Alex. Verflixt, ich muss das hinkriegen.

„Und André?"

„Ist vor Ort und wartet auf uns! Wollen wir?", sagte Alex.

„Von Wollen kann keine Rede sein. Ich bin ein Idiot. Sitze im Stadion und kriege nichts mit!"

„Jetzt hör auf. Woher solltest du das wissen? Es wusste niemand, dass die noch einen Ausflug machen", versuchte Alex Angelos zu beruhigen.

„So? Und was ist mit den 1.311 Panathinaikos-Fans? Warum waren die alle an der Kartbahn?"

Darauf hatte auch Alex keine Antwort parat. Angelos hingegen hatte einen Verdacht.

Einen Verdacht, der für gewaltigen Ärger sorgen würde. Nein, es wäre DER europäische Fußballskandal überhaupt.
Aber eine andere Erklärung gab es momentan nicht.
Hoffentlich täusche ich mich, dachte Angelos. Es gibt ohnehin schon genügend Ärger.

43

Beitrag des Nachrichtensenders n-tv, 20.10 Uhr, Athen.

„Nachdem neben einem Olympiakos-Fan nun auch noch ein offizieller Vertreter des Vereins auf Mykonos ermordet wurde, eskalierte die Lage in Athen am Nachmittag. Tausende aufgebrachte Fans randalierten vor und in Gaststätten, die als Treffpunkt von Panathinaikos-Fans gelten. Es kam auch zu zahlreichen Handgreiflichkeiten zwischen den Fanlagern. Im Stadtteil Rafinha ging eine Bar in Flammen auf. Dort gelang es der Polizei nur mit Tränengas, die Lage zu beruhigen. Die Bilanz: 42 Verletzte, darunter 18 Polizeibeamte. Der 44-jährige Agrafiotis, der auf Mykonos eine Kartbahn betrieb, verunglückte gestern bei einer Probefahrt. Aufgrund manipulierter Bremsen flog er aus einer Kurve und prallte gegen einen Strommast. Er war sofort tot. Das Kart wurde von der Polizei beschlagnahmt. Schwere Vorwürfe erhob der Besitzer von Olympiakos gegen die Führung von Panathinaikos. Man habe dieses Klima bewusst herbeigeführt. Er äußerte die Vermutung, dass, Zitat, der Täter ohne jeden

Zweifel aus dem Fanlager von Panathinaikos stammen muss, Zitat Ende. Panathinaikos hat in einer Stellungnahme den Vorfall bedauert, sich aber jede Spekulation über den Täter verbeten. Man leide bei Olympiakos unter Verfolgungswahn.

Zwischenzeitlich werden auch Vorwürfe gegenüber der Polizei und dem Bürgermeister von Mykonos laut. Man habe bei der Sicherheit offensichtlich fahrlässig gehandelt.

Der Bus mit den Offiziellen war zeitweise ohne Polizeibegleitung und Ziel massiver Angriffe durch Panathinaikos-Fans.

Der Innenminister soll gut informierten Kreisen zufolge zur lückenlosen Aufklärung einen Sonderermittler bestellt haben."

„Fahrlässig? Ich glaube ich spinne. Wenn die Idioten nicht Bescheid geben. Warum hat man dir nichts gesagt?", regte sich Alex auf.

„Keine Ahnung. Aber ab jetzt können die mich alle mal. Ich trete zurück", sagte ein erschöpfter und resignierender Angelos.

Alex wäre fast in den Graben gefahren. Sie waren auf dem Rückweg vom Tatort. Selbst Alex konnte erkennen, was die Todesursache war. Ein nicht mehr existierender Schädel. Der Vorteil einer Insel ist, dass – trotz Facebook und Instagram – keine richtige Live-Schalte möglich war. Bis die TV-Teams mit ihren Hubschraubern Mykonos erreichten, würde es noch dauern. Zudem ließ Angelos den Flughafen wegen eines Softwareproblems schließen. Chartermaschinen kommen erst im Mai und bis zur nächsten Linienmaschine sind es noch drei Stunden, Landung 21.10 Uhr. Dunkelheit. Die Aasgeier würden bis morgen warten müssen. So haben wir noch etwas Ruhe, dachte Angelos. Gott sei Dank gefalle ich dem Flughafendirektor. Aber Angelos hatte nicht vor, Alex den Grund zu nennen. Es würde nur wieder Ärger geben.

„Wie hast du es denn geschafft, den Airport dichtzumachen?"

„Äh, ich habe den Direktor überzeugt", antwortete Angelos.

Alex lachte auf.

„Ich bin doch nicht blöd. Der hat dich bei der Einweihung mit den Augen fast aufgefressen!"

„Und? Ist doch zu unserem Vorteil? Oder wirst du schon wie…?"

„Nein. Der neue Alex ist nicht mehr eifersüchtig, weil er dir traut! Punkt."

Nach einer kurzen Pause fügte er hinzu:

„Und du wirst einen Teufel tun und als Bürgermeister zurücktreten. Davonrennen passt
überhaupt nicht zu dir!"

Angelos schaute Alex verwundert von der
Seite an.

„Ich kann nicht sagen, dass der neue Alex mir
nicht gefällt. Du wirst dich doch nicht
ändern?"

„Ich werde dich noch mehr überraschen",
antwortete Alex. Plötzlich bremste er und fuhr
rechts an. Er stieg aus und holte eine Tüte aus
dem Kofferraum.

„Zieh das an", sagte er zu Angelos, der ein
Olympiakos-Trikot aus der Tüte fischte.

„Frag jetzt nicht, sondern wechsele das Shirt!"

„Zu Befehl, mein Herr und Gebieter!"

Fünf Minuten später wusste Angelos, warum er
das Trikot anziehen sollte. Vor ihrem Haus in
Ornos standen Dutzende Olympiakos-Fans,
die zu pfeifen und brüllen anfingen, als Alex
auf den Parkplatz fuhr.

„Du wartest hier", sagte Alex. Er stieg aus und
stellte sich auf das Trittbrett.

„Jetzt hört mal zu und hört auf zu brüllen,
Herrgott. Angelos wusste nichts von dem Ausflug zur Kartbahn. Man hat es ihm verschwie-
gen. Also konnte er überhaupt keine Kräfte zur
Sicherung abstellen. Und einen Mord können

wir leider noch nicht voraussagen. Aber wir werden alles aufklären.

Wenn es einer der Grünen war, dann wird er dafür bezahlen. Das versprechen wir euch!"

Zustimmendes Gemurmel.

„Und jetzt müssen wir ins Bett. Also gebt Ruhe. Wir haben morgen viel zu tun!"

Als Alex vom Trittbrett herabstieg, hörte er eine Stimme.

„Aber im Bett auch schlafen, nicht fi****!"

Gelächter. Die Menge verzog sich.

Als die beiden endlich im Haus waren, sagte Angelos: „Danke. Das hast du super gemacht. Ich habe mit einem Auflauf hier gar nicht gerechnet!"

„Schon ok. Wir sind ein Team. Und jetzt – wie der freundliche Herr gemeint hat: schlafen!"

Angelos grinste.

„Ich weiß nicht. Mir wäre es andersrum lieber. Dir nicht?"

„Auf jeden Fall!"

44

Am nächsten Morgen schwebte Alex im siebten Himmel. Noch vor 36 Stunden schien es so, als würde dieser Körper nie mehr neben ihm liegen. Und jetzt war er wieder da. Und der erste Tag lief richtig gut. Angelos hat gesehen, dass er, Alex, sich doch ändern kann. Den Warnschuss habe ich begriffen, obwohl es eher eine Salve war.

„Agapi-mou, wir müssen raus", flüsterte er Angelos ins Ohr.

Er erntete das übliche Knurren und selbst dafür war er dankbar. Angelos räkelte sich und sagte:

„Bleib liegen. Den Espresso mache ich diese Woche. Hast du dir gestern redlich verdient!"

„Beim Sex?"

Angelos lachte.

„Da auch. Aber du hattest gestern mehr helle Momente als ich!"

„Macht nichts. Dafür bist du schön!"

Schon flog ein Buch in Richtung Alex.

„Unverschämtheit", aber Angelos grinste.

Bis Alex die Treppe herunterkam, hatte Angelos schon mehrere Anrufe hinter sich gebracht.

„So, Superhirn. Zuerst geht es zu Sofianidis!"

„Wer ist denn das?"

„Dement? Na, der stand auf Andritsos´ Liste ganz oben. Spielt hier bei AO!"

„Welche Liste? Hab ich was verpasst?", fragte Alex.

Mist. Vom genauen Ergebnis der Hausdurchsuchung wusste ja Alex nichts, weil ich mit dem Richter dort war, dachte Angelos. Glatteis.

„Ich erzähle es dir auf dem Flug. Ich glaube es zwar nicht, aber ich muss tatsächlich zur Panathinaikos-Geschäftsstelle. Ich! Als Rot-weißer! Seine Heiligkeit, der Präsident, empfängt uns um vier."

„Freiwillig?"

„Nö. Er hat sich zunächst geweigert und mich übelst beschimpft. Ich habe ihm dann erklärt, dass ich mit den Ermittlungsergebnissen auch direkt zu den Medien kann!"

„Welche Ergebnisse?", fragte Alex.

„Ok. Superhirn macht heute Pause. Gott sei Dank bin ich doch nicht nur schön!"

„Nein. Du bist auch noch klug, charmant und eine Granate im Bett. Was vergessen?"

„Nein. Kommt ziemlich hin! Frecher Kerl!"

Angelos küsste Alex auf den Kopf.

„Und jetzt los. Nimm dein ekelhaftes grünes Trikot mit. Könnte bei dem Gespräch später hilfreich sein!"

Lakas Sofianidis stand schon vor der Tür des elterlichen Hauses in Agios Stefanos. Etwas höher gelegen als die Chora, war der Wind noch unangenehmer.
„Es gibt Tage, an denen ich gerne wieder in Saloniki wäre", knurrte Angelos.
„Dann wärst du ohne mich. Ziemlich öde Vorstellung, oder?"
Angelos lachte.
„Seit wann bist du der Angeber von uns zwei?"
Lakas kam auf sie zu. Er war sichtlich nervös. Verständlich. Mit Andritsos´ Tod war seine weitere Zukunft als Profi nicht mehr vorge-zeichnet. Ob ein anderer Scout ihn übernimmt – Lakas hatte keine Ahnung. Seine Eltern hatten den Vertrag noch nicht unter-schrieben. Das würde er ihnen nie verzeihen. Aber selbst wenn, der Vertragspartner wäre nicht Olympiakos gewesen, sondern Andritsos.
„Hallo, Lakas", sagte Angelos. „Wir haben nur ein paar Fragen. Dauert nicht lange!"
Die Aufmerksamkeitsspanne der Jugend war heutzutage gering.

„Lakas, was hat Andritsos dir versprochen? Eine glänzende Karriere als Profi-Fußballer bei Olympiakos?", fragte Angelos.

„Er hat es nicht nur versprochen. Die Verträge lagen fertig auf dem Tisch!"

„Verträge mit wem? Mit dem Verein oder Andritsos?"

„Da besteht doch kein Unterschied. Andritsos ist Olympiakos. Oder war", antwortete Sofianidis.

Naiver Trottel, dachte Alex. Andererseits: der Junge ist sechzehn. Und wenn man einen Traum lebt, blendet man gerne Störendes aus.

„Können wir die Verträge einmal sehen?", fragte Angelos. Ein Schuss ins Blaue. Er rechnete nicht damit, die Vereinbarung sehen zu können.

„Klar. Meine Eltern wollten ihn noch von einem Anwalt gegenlesen lassen. Was Andritsos ziemlich wütend gemacht hat. Als ob man so eine Chance zwei Mal im Leben bekommt. Ich hätte sie erschlagen können!" Lakas bemerkte erst danach, was er eben gesagt hatte.

„Na ja, wahrscheinlich haben sie es nur aus Vorsicht gemacht! Warten Sie, Herr Bürgermeister!"

Lakas ging ins Haus.

„Ein 16-jähriger mit Benehmen? Seltenes Exemplar", sagte Angelos.

„Nur weil er dich mit ‚Herr Bürgermeister' angesprochen hat? Gott bist du eitel", sagte Alex lachend.

„Bin ich überhaupt nicht. Und das weißt du ganz genau! Ich bin ..."

In diesem Moment kam Lakas zurück mit einem Packen Papier.

„Der Vertrag ist ja so dick wie ein Buch", meinte Angelos erstaunt. „Können wir ihn für zwei Tage haben? Ich verspreche dir, dass ihn niemand anders sieht. Was haben eigentlich deine Mitspieler von AO gesagt?"

Lakas wurde etwas verlegen.

„Die wussten nichts. Sie ahnten vielleicht etwas. Andritsos hat großen Wert auf Diskretion gelegt. Was immer das auf einer kleinen Insel bedeutet!"

Doch nicht so dumm, dachte Alex.

„Deswegen war er allein in den Katakomben. Er wollte mit dir sprechen", sagte Angelos.

„Lakas, ich vermute mal, nicht der Platzwart hat ihn gefunden, sondern du!"

Lakas stand trotz der Kühle der Schweiß auf der Stirn.

„Es passiert dir nichts, wenn du es zugibst! Aber es ist wichtig für uns", fügte Angelos hinzu. Es dauerte noch fünf Sekunden, bis sich Lakas äußerte.

„Ja. Ich sollte, nachdem alle gegangen waren, unter die Tribüne kommen. Und dann lag er da am Boden. Ich war mir sicher, dass er tot war. Ich bin weggerannt. Mir ging soviel durch den Kopf. Meine Karriere … Ich weiß, das klingt sehr egoistisch, es tut mir leid."

Lakas war sichtlich betroffen.

„Wann hast du Andritsos das letzte Mal gesehen?", hakte Angelos nach.

„Vor einer Woche. Er wollte mir CDs über taktische Variationen zeigen, um zu sehen, ob ich ein Spiel ‚lesen' kann!"

„Und? Konntest du?"

„Anfangs ja. Dann bin ich eingeschlafen und Andritsos war furchtbar wütend. Ich kann es mir nicht erklären. Ich wusste, dass das wichtig war. Aber später hat er sich beruhigt und gesagt, er mache die Verträge fertig. Zwei Tage später waren sie da!"

„Gut, Das wäre es. Viel Glück, Lakas. Wird nicht leicht!", sagte Angelos.

Lakas schaute deprimiert.

„Na ja. Bei Panathinaikos brauche ich es jetzt nicht mehr probieren!"

„Warum nicht? Du bist noch immer bei AO Mykonos und nicht bei Olympiakos. Kopf hoch. Wirklich gute Fußballer finden immer einen Verein. Vielleicht wäre ein Klub in der zweiten Liga besser, wo du ständig Spielpraxis hast. Bei den großen Vereinen sitzt man oft auf der Bank", versuchte Angelos Lakas Mut zu machen.

Als Angelos und Alex wieder im Auto saßen, sagte Alex:

„Du weißt aber schon, dass er der Letzte war, der Andritsos lebend gesehen hat. Gut, er hatte kein Motiv, im Gegenteil. Der Mord hat seine Zukunft infrage gestellt!"

„Du sagst es. Außerdem ist auch er ein Opfer", antwortete Angelos.

„‚Opfer‘ ist wohl übertrieben, Er hat einen Karriereknick, mehr nicht", entgegnete Alex.

„Nein, Alex. Er ist Opfer. Und nicht das Einzige. Aber das kannst du nicht wissen!"

Jetzt begriff Alex.

„Ihr habt während der Durchsuchung bei Andritsos noch etwas gefunden!"

„Oh ja. Aber das musst du SEHEN, um es zu verstehen. Lass uns erst diesen verdammten Termin in Athen hinter uns bringen. Der hat eher mit dem zweiten Mord zu tun."

„Jetzt verstehe ich nun wirklich nichts mehr", brummte Alex.

„Vertrau mir. Ich zeige dir heute Abend, was ich glaube, dass passiert ist. Und glaube mir: mit Fußball hat es wenig zu tun", antwortete Angelos.

„Mir fehlen noch einige Teile. Ich hoffe, wir kommen in Athen weiter!"

„Ich bin also doch nur Dekoration", murmelte Alex. Angelos verdrehte die Augen.

„Geht das jetzt schon wieder los? Ich habe die Durchsuchung bisher nicht erwähnt, weil dieser bescheuerte Richter dabei war. Ich wollte nicht, dass du an diesen Tag erinnert wirst. So. War aber offensichtlich wieder verkehrt!"

Stille.

„Den Tag habe ich gestrichen."

45

Überaus freundlich war man auf der Geschäftsstelle von Panathinaikos wahrlich nicht. Man merkte schon der Sekretärin des Chefs an, dass es eine Zumutung war, dass überhaupt jemand den großen Boss zu den zwei Morden befragen wollte. Und einer der zwei Schnüffler ist auch noch Olympiakos-Fan, dachte die Herrscherin des Vorzimmers.
Ob Angelos noch Fan war, darüber war er sich nicht im Klaren. Sicher, Andritsos war nicht ‚der Verein‘, aber das ganze Umfeld, die Abgründe, die sich auftaten, ließen ihn zweifeln, ob man überhaupt noch Fan von irgendetwas sein konnte. Und damit war nicht die Kommerzialisierung gemeint. Oder die durch die Wettmafia verschobenen Spiele und davon gibt es in der griechischen Liga nicht wenige. Folklore. Das weiß man.
Und in anderen Sportarten war es nicht besser. Basketball? Derselbe Mist, derselbe Hass.

Auf dem Flug nach Athen studierte Alex das Vertragswerk. Und war bis zur Landung nicht einmal zur Hälfte durch.

„Das ist doch unglaublich. Das sind Sklaven-
verträge. Menschenhandel, nein, Sklavenhan-
del, nur auf höherem Niveau.
Die Vertragslaufzeit zehn Jahre! 4.000 Euro pro
Monat. Alles, was der Spieler mehr verdient,
schnappte sich Andritsos. Interviews verboten
bzw. nur über ihn. Happige Konventional-
strafen bei Verstößen. Die Jungs waren sein
Eigentum!"
„Glaube nicht, dass das ein Einzelfall ist. Und
damit die Eltern mitspielen, bekommen die
monatlich auch etwas Geld. Wer kann da
schon widerstehen? Vor allem gerade jetzt,
wo jeder zu kämpfen hat", antwortete
Angelos.
„Aber leider geht es nicht nur um Fußball und
Geld", fügte er hinzu.

Auch dem Präsidenten oder Vorstandsvor-
sitzenden war anzumerken, dass er dieses
Gespräch als unter seiner Würde betrachtete.
Nur Angelos´ Drohung hatte ihn überhaupt
dazu gebracht, zehn Minuten seiner kostba-
ren Zeit zu erübrigen.
„Ich weiß nicht, was sie hier wollen. Der
Verdacht, wir stünden hinter all den
Zwischenfällen ist lächerlich!"

„Die Zwischenfälle waren zwei Morde",
erwiderte Angelos ruhig.
„Und? Jeden Tag werden Menschen ermordet. Macht man um die so viel Aufhebens?
Nein. Ein reines Medienspektakel, mehr nicht.
Kommt die Wahrheit ans Licht, ist es dann eine
Zwei-Minuten-Meldung!"
„Schöne Rede. Als ob Sie nicht auch dieses
Klavier bespielen würden, wenn es der
Konkurrenz schadet. Das Moralisieren steht
gerade Ihnen nicht gut." Noch immer war
Angelos ruhig und sprach relativ leise.
„Ich brauche von Ihnen keine Belehrung.
Noch dazu sind Sie ein Rot-Weißer! Nie was
von Befangenheit gehört?"
Angelos lächelte.
„Nicht jeder Mensch ist korrumpierbar. Mich
interessiert nur, wer diese zwei Menschen
ermordet hat. Es waren Menschen, keine Rot-
Weißen!"
„Es reicht jetzt. Was wollen Sie?"
„Ich habe nur eine Frage: wer ist Ihr Schläfer
im Vorstand von Olympiakos?"
XX erstarrte.
Alex schaute, als wäre Angelos verrückt.
Und Angelos grinste.
Er war sich sicher: er hatte Recht!

46

„Der hat sich so aufgeregt, dass es schon wieder verdächtig war", sagte Alex, als sie wieder im Leihwagen saßen.

„Und genau das wollte ich erreichen!"

„Aber wie kommst du auf einen Schläfer? Und noch wichtiger: was bedeutet es für unsere Fälle?"

„Alex. Woher wusste Panathinaikos von dem Ausflug zur Kartbahn? Niemand wusste es. Außer den Mitgliedern des Vorstands von Olympiakos. Und wäre es nicht genial, wenn man immer genau wüsste, was die Konkurrenz treibt? Welche Spieler man holt?"

„Ja, sicher. Aber das würde bedeuten, dass der Täter auf der Kartbahn doch von Panathinaikos war! Und wie willst du herausfinden, wer der Schläfer ist?"

„Geduld, Alex. In zehn Minuten wissen wir es!"

„Mein Mann, das Orakel von Delphi!"

„DAS wäre doch mal ein passender Spitzname. Besser als ‚mein kleiner Pfirsich'!"
Alex lachte.

„Nein. Sonst geht dein Ego noch durch die Decke!"

„Mein Ego war aber auch schon im tiefsten Keller! Und wie wäre es mal mit einem Lob?"

„Das weiß ich doch. Und ich dachte, ich soll dich nicht mehr loben?", antwortete Alex.

„Natürlich sollst du mich loben. Nur reicht es unter uns. Auf anderes Lob lege ich keinen Wert!"

„Gut. Also, wenn das stimmt, dann ..."

„Hätte ich gerne Sex auf dem Leuchtturm!"

„Oh Gott. Und wenn man uns erwischt?"

„Und? Wen kümmert´s?"

Alex stellte sich vor, wie er und der Bürgermeister nackt im Polizeiauto durch Mykonos gefahren würden.

Angelos´ Handy brummte.

„Danke für deinen Anruf, Apostolos. Wie war der Name? Migiakis? Antonis? Super. Dafür hast du etwas gut!"

Alex schaute grimmig.

„Was hat er gut? Und wer ist das?"

Angelos verdrehte die Augen.

„Ok, ok. Begriffen", sagte Alex.

„Und ich schätze, ich muss auf den Leuchtturm!"

„So sieht es aus. Apostolos ist beim Geheimdienst und Olympiakos-Fan. Wie erwartet, war der freundliche Herr von Panathinaikos so verunsichert, dass er nach unserem Besuch den Schläfer sofort angerufen hat."

„Und dein, äh, Freund, hat das Gespräch abgehört und Nummer und Ort gepeilt." Angelos lehnte sich zurück.

„Ja. Und kein ‚äh'. Da war nichts. Ich habe nicht mit jedem Mann geschlafen, denn ich getroffen habe. Herrgott. Es waren gerade mal drei!"

„Mit mir?", fragte Alex erstaunt. Das hatte Angelos noch nie erwähnt. Bei dem Aussehen?

„Mit dir, ja!", knurrte Angelos.

„Oh Gott. Jeder katholische Pfarrer hat da mehr … nun, ja. Dann waren meine Eifersuchtsanfälle ja komplett daneben. Entschuldige!"

„Eben. Mich hat nicht nur geärgert, dass du mir nicht vertraust, sondern auch, dass es nun wirklich nicht zu meiner Vorgeschichte passt. Und ich hätte an dem besagten Tag nicht mit dem Richter geschlafen!"

„Jetzt stehe ich wie ein Vollidiot da", sagte Alex zerknirscht. „Aber …"

„Aber was? Wie kann der Sex trotzdem so gut sein? Mit einem Greenhorn wie mir? Das ist doch deine Frage. Sex mit jemand, den man liebt, ist immer besser als der belanglose Sex mit einem Fremden. Kommt die Liebe von beiden Seiten, dann wird es richtig gut. Und wir lieben uns. Frage beantwortet? Ich hatte nach der Vergewaltigung die Schnauze voll. Und das geht vielen Opfern so. Abgesehen davon, dass es ein halbes Jahr gedauert hat, bis alles verheilt war. Die Vergewaltigung eines Mannes hat schlimmere Folgen als die einer Frau."

Alex schaute mehr als verwirrt.

„Du überraschst mich immer wieder. Ich bin, nein, ich war ein Depp. Verzeih´ mir!"

„Natürlich. Du bist zwar ein Depp, aber eben mein Depp! Und jetzt besuchen wir Herrn Migiakis."

47

Migiakis war - noch - deutlich freundlicher als der große Panathinaikos-Boss.
Verständlicherweise, denn Olympiakos war „das Opfer" und außerdem wusste er, dass Angelos ein „Rot-Weißer" war.
Er befürchtete keinerlei Ärger. Aber er sollte sich täuschen.
„Herr Migiakis. Sie haben den Zwischenfall auf Mykonos ja unverletzt überstanden", begann Angelos.
„Äh, ja. Was für ein Glück. Ich war auf dem Ausflug zur Kartbahn gar nicht dabei. Mir war nicht ganz wohl und so bin ich bei dem Spiel geblieben. Wer konnte auch ahnen, dass diese Bestien den Bus angreifen. Ganz zu schweigen von dem Mord! Aber so sind sie, die Grünen!"
Migiakis lächelte. Das sollte sich innerhalb weniger Sekunden ändern.
„Ich glaube Ihnen gerne, dass Ihnen nicht wohl war. Denn Sie wussten ja, was passieren würde, oder?"
Migiakis wurde fahl im Gesicht.
„Was wollen Sie damit andeuten?"
„Andeuten will ich gar nichts. Ich stelle etwas fest. Sie wussten von dem Ausflug. Und Sie

wussten von dem bevorstehenden Krawall, denn Sie haben die Information weitergegeben an Panathinaikos. Wie manch andere auch!"

„Das ist eine unverschämte Unterstellung!", regte sich Migiakis auf. „Und Sie hören noch von unserem Präsidenten. Und von meinem Anwalt!"

Angelos grinste.

„Gut. Dann lassen wir durchsickern, dass es einen Schläfer im Vorstand von Olympiakos gibt. Vielleicht fällt dann auch Ihr Name! Könnte passieren, wenn ich einen schlechten Tag habe!"

„Sie sind ja völlig übergeschnappt. Dann soll ich wohl auch den Mord an meinem Vorstandskollegen organisiert haben? Und vielleicht auch noch an dem Mord an Andritsos beteiligt gewesen sein? Wobei dieses Schwein den Tod verdient hatte. Aber Sie vergessen eines: ich habe in beiden Fällen ein Alibi. Und ich möchte wissen, wie Sie Ihre Anschuldigungen belegen wollen. Ansonsten führe ich ein Gespräch mit dem Innenminister."

Angelos schaute bewusst gelangweilt.

„Oh ja. Ein Rot-Weißer. Und wenn der erfährt, dass Sie in Wirklichkeit für Panathinaikos

arbeiten, dann sollten Sie auswandern. Gut, das wars für heute. Wir sehen uns noch!"
Als Angelos und Alex das Haus verließen, meinte Alex: „So bleich wird man nur, wenn man bei etwas erwischt wird. Aber ich sehe keine Verbindung zu den Morden!"
„Die siehst du, wenn ich dir Andritsos´ Notebook zeige!"

48

Zuhause auf Mykonos rief Angelos zuerst seinen Bekannten beim EYP an und dann bei Naftemporiki, eine der großen Zeitungen.

„Aber es gilt schon der Quellenschutz, oder?", fragte Angelos den Redakteur der Sportredaktion.

„Sicher. Aber wir brauchen dennoch Belege. Und dann wird man wissen, woher sie kommen!"

„Sie bekommen Telefonmitschnitte. Danach wird die Hölle losbrechen. Und dadurch können wir auch den Mörder überführen!"

„Gut. Sie schicken das Telefonprotokoll zwischen dem P-Chef und Migiakis. Und dann gehen wir in Druck!"

„Wann?", fragte Angelos.

„Übermorgen, Freitag", antwortete der Redakteur.

Angelos legte auf.

„Und jetzt lüfte bitte das Geheimnis. Ich verstehe nur Bahnhof. So kann ich dir nicht helfen. Obwohl du das wahrscheinlich gar nicht brauchst", sagte Alex.

„Ich hab dir gesagt, du musst erst das Note-book sehen. Dass du bei der Durchsuchung nicht dabei warst ... lass uns nicht wieder von vorne anfangen. Bitte", antwortete Angelos. „Du bist sonst immer dabei und jedes Mal auf demselben Stand. Oder?"

„Das war keine Kritik, Großer. Ich bin nur neugierig! Das ist wirklich alles!"

„Dann bin ich ja beruhigt!"

Angelos klappte das Notebook auf.

„Vorweg: du erinnerst dich daran, was Lakas über seinen Besuch bei Andritsos erzählt hat?"

„Ja. Dass er CDs über Taktik anschauen sollte", antwortete Alex.

„Genau. Aber viel wichtiger: er sagte, dass er eingeschlafen sei und er es sich nicht erklären könne, richtig?"

„Ja, ich erinnere mich. Gut, bei CDs über Fußballtaktik wäre auch ich eingeschlafen!"

„Schon, aber Lakas ist nicht aus Langeweile eingenickt."

Angelos ging ins Wohnzimmer und kam mit einem Fläschchen zurück.

„Er wurde betäubt und zwar damit!" Es war das Fläschchen Propofol.

„Das wird doch von Tierärzten verwendet", sagte Alex.

„Sehr gut. Aber leider nicht nur von denen. Man kann damit einen Elefanten betäuben, aber auch Menschen", antwortete Angelos.

„Wieso sollte Andritsos Lakas ... Oh Scheiße!"

„Genau deswegen. Bei beiden Fällen geht es mitnichten um Olympiakos oder Panathinaikos.
Und schon gar nicht um Fußball. Oder nur am Rande!"
Nach einer kurzen Pause sagte Angelos:
„Es geht um Kindesmissbrauch und Rache. Nur so wird ein Schuh daraus!"

49

„Andritsos scoutete überwiegend Acht- bis Zwölfjährige, holte sie zu Tests oder Schulungen in sein Haus, betäubte sie und verging sich an ihnen. Selbst wenn die Jungs oder Familien etwas vermuteten: keiner sagte etwas, denn die Karriere und die finanzielle Absicherung der Familie wäre dahin. Und ein Achtjähriger begreift wahrscheinlich noch nicht, was mit ihm geschieht. Aber mit Propofol hat keiner irgendeine Erinnerung. Eine Art Gnade für die Opfer", sagte Angelos.

„Die ich nicht hatte", fügte er hinzu.

4 Stunden. 4 Stunden war er damals bei Bewusstsein, meist gefesselt und musste ertragen, von drei Männern vergewaltigt zu werden.

„Und jetzt lass mich raten. Einer der Väter kam dahinter und hat sich an Andritsos gerächt", vermutete Alex.

„Genau so. Nur: welcher der Väter? Eine der Mütter kann es nicht sein, denn eine Frau kann nicht so zuschlagen. Andritsos´ Verletzungen passen nicht dazu!"

„Das reduziert die Zahl der Verdächtigen gerade mal auf die Hälfte. Und woher wissen

wir, wie viele Väter davon betroffen waren?",
fragte Alex.
Angelos lächelte.
„Noch ein wenig Geduld!"

50

Der Mann schaute zum Fenster hinaus. Vor der
Garage spielte Nikos, sein kleiner, zehnjähriger
Sohn. Natürlich mit dem Ball, was sonst?
Aus ihm wird einmal ein guter Fußballer.
Nein, er hätte einer werden können. Denn
niemals mehr würde er es zulassen, dass sich
ein Scout oder Spielerberater ihm nähert.
Dann soll er lieber einen normalen Beruf
lernen.
Das Geld hätte seiner Familie gutgetan, kein
Zweifel. Aber dafür seinen Sohn einem wider-
lichen Kinderschänder ausliefern? Nein.
Der Mann dankte Gott, dass Nikos nichts
davon wusste und noch nichts verstand.

Aber ich wusste es sofort. Als ich das Blut in der Unterhose sah. Das Schwein muss ihn gezwungen oder betäubt haben. Erneut stieg der Hass in dem Mann auf.

Was war dieser Andritsos nur für ein Mensch. Früher war er einer meiner Idole.

Nun, er hatte bekommen, was er verdient. Besonders beruhigte ihn, dass Andritsos nun keine Kinder mehr missbrauchen könne.

Die anderen Familien würden ihm dankbar sein, wenn sie es denn wüssten.

Und das zweite Schwein war nicht besser gewesen, denn wer vertuscht, macht sich mitschuldig. Er hatte den Tod genauso verdient.

Wahrscheinlich sind auch andere Scouts pädophil. Woran soll man dies als Eltern erkennen? Den Jungen nie allein lassen mit solchen Typen? Geht nicht, denn ich bin, wie meine Frau, berufstätig. Er wurde traurig bei dem Gedanken, dass noch mehr Kinder zum Opfer werden würden.

Unter dem Deckmantel des Fußballs.

Reue? Fehlanzeige. Nicht bei so etwas. Natürlich weiß ich, dass sie mich kriegen werden.

Es gab nicht einen Mord auf Mykonos, den Nikakis nicht aufgeklärt hatte. Macht aber nichts. Gehe ich halt ins Gefängnis. War trotzdem richtig.

51

„Also: wir haben auf Andritsos´ Speicherkarte eine Liste mit Namen, Wohnort und Geburtsdaten gefunden. Das müssen die Kids sein, wegen der Jahrgänge. Nehmen wir die 8- bis 12-jährigen, würde ich vorschlagen. 16-jährige wie Lakas fallen aus dem Raster!"
„Was meinst du damit?", fragte Alex.
„Vielleicht hatte Andritsos Lust auf was Neues. Oder wollte austesten, wie das Propofol bei älteren Jungs wirkt. Man muss auch nicht immer alles erklären können. Bei jeder Ermittlung bleiben bei manchen Punkten Fragezeichen. Trotzdem hat man das richtige Motiv und den richtigen Täter", antwortete Angelos.
„Also haben wir bei den fünf Jahrgängen zwischen acht und zwölf ... lass mich zählen: Vierzehn Väter und damit vierzehn potenzielle Täter", meinte Alex.

Angelos lächelte.

„Nein. Ein Vater ist verstorben. Zwei Ehen geschieden, die Söhne blieben bei den Müttern. Es bleiben elf Verdächtige."

„Selbst auf die Gefahr hin, dass du mich für bescheuert hältst: ich verstehe immer noch nicht, was der Schläfer damit zu tun hat und was das Motiv für den zweiten Mord war!"

„Ich bin mir ziemlich sicher, dass es auch beim zweiten Mord um Rache ging. Aber mir fehlen immer noch einige Teilchen des Puzzles. Vor allem, wie der Schläfer hineinpasst!"

Angelos schaute nachdenklich.

„Könnte auch sein, dass die Entdeckung des Schläfers ein Nebenprodukt der Ermittlungen war!"

„Schönes Nebenprodukt. Hast du mal den Fernseher angemacht oder ins Netz geschaut? Die Story ist das Top-Thema. Zwar saufen jeden Tag in der Ägäis Hunderte Flüchtlinge ab, wenn es aber um Fußball geht, dann sind die Prioritäten klar! Mann, oh Mann!", regte sich Alex auf.

„Ich schaue gar nicht rein. Wer die Quelle ist, finden die in Kürze heraus und dann sollte ich vielleicht in den Urlaub", sagte Angelos.

„Aber nur MIT mir! Ich bleibe nicht allein hier. Denen ist egal, wen sie lynchen!"

„Als ob ich irgendetwas ohne dich machen würde, eh?"

„Natürlich. Ich rede wieder mal Bullshit!"

52

Alex stöhnte.

„Das heißt, wir müssen alle elf Familien abklappern. Auf vier verschiedenen Inseln!"

Ein Horror für Alex, denn er war seeuntauglich. Und das als Grieche.

„Nein, müssen wir nicht", sagte Angelos.

„Gott sei Dank! Aber warum nicht?"

Bevor Angelos antworten konnte, brummte das Handy.

Es war André aus der Klinik.

„Ich habe das Ergebnis der Pathologie in Athen. Und der KTU!" Die kriminaltechnische Untersuchung.

„Was macht die KTU bei dir?", knurrte Angelos.

„Herrgott, das weiß ich doch nicht. Und ich habe andere Dinge zu tun, als mich mit dir zu streiten", antwortete André und legte auf.

„Was war denn das jetzt?", fragte Angelos gereizt.

„Der Ton, Angelos, der Ton."

Die beiden fuhren zur Klinik und es war wirklich die Hölle los. Überall hustete und kulchte es. Der kalte Nordwind forderte seinen Tribut.

André rannte durch den Gang.

„Kommt mit. Viel Zeit habe ich nicht. Die Hälfte der Patienten hat eine Lungenentzündung. Weil den meisten das Geld fehlt, kommen sie erst im fortgeschrittenen Stadium. Und da hilft ein gewöhnliches Antibiotikum nur bedingt. Mitten in Europa!"

Als sie in seinem Büro waren, suchte André auf dem Schreibtisch unter den Papierbergen die Berichte heraus.

„Todesursache: nicht verwunderlich. Schädel-Hirn-Traumata. Er war sofort tot. Und laut KTU war einer der Bremszüge gerissen."

„Gerissen? Nicht durchtrennt?", fragte Angelos erstaunt.

„Ja. Aber im Bericht steht, dass das eine Kabel vollkommen verrostet, das andere aber in Ordnung war."

„Man hat also ein funktionstüchtiges Kabel ersetzt, das reißen musste. Der Täter hat darauf gehofft, dass man den Austausch nicht bemerkt und nur den Riss attestieren würde", sagte Angelos.

„So habe ich den Bericht auch verstanden. Und jetzt muss ich weitermachen", antwortete André und wollte den Raum verlassen, als Angelos ihn am Arm festhielt.

„Sorry, André. Ich war vorhin gereizt. Und danke für die Idee mit dem Brief. Es war doch deine Idee?", fragte er.

„Ja. War es. Und ich habe das Gefühl, ich bereue es noch, du unsensibler Trampel!" Aber André lächelte.

53

„Nett, dass du dich entschuldigt hast", sagte
Alex, als die beiden wieder im Auto waren.
„Ich bin doch immer nett", antwortete
Angelos grinsend.
„Und jetzt starten wir unsere Inseltour?"
„Nein. Wir schauen lediglich in unseren Email-
Eingang. Ist die Mail da, brauchst du nicht
aufs Wasser!"
Alex war so erleichtert, dass er vergaß zu
fragen, um was für eine Mail es sich handelt.

Zuhause hörte man nur ein lautes „Strike!",
gefolgt von „Ich könnte Maria küssen!"
Angelos strahlte übers ganze Gesicht.
„Du darfst mich jetzt küssen, denn das
bedeutet: keine Bootsfahrt, wenn er hier
wohnt oder maximal eine!"
„Ich küsse dich auch so, du Dussel!"
Alex schaute auf den Bildschirm und fragte:
„Was ist das für eine Liste?"
„Bremsleitungen durchschneiden kann jeder.
Aber die Seile aus- und wieder einbauen ..."
„... kann nur ein Fachmechaniker. Und das ist
die Liste ..."
„... der Mechaniker, die bei der Kartbahn
beschäftigt sind. Wenn meine Vermutung

richtig ist, findet sich ein Name auf beiden Listen", ergänzte Angelos.

„Auf der Liste der Väter stehen neun Namen, auf der Mechanikerliste sechs, davon vier Aushilfen. Liege ich daneben, müssen wir wieder von vorne anfangen!"

Nach kurzer Pause fügte er hinzu:

„Dann könnten wir auch dafür sorgen, dass dieser Unsinn zwischen den beiden Vereinen wieder auf ein normales Maß zurückgeht. Obwohl …" Alex lachte auf.

„Das glaubst du doch selbst nicht! Ihr Rot-Weißen bleibt immer unser Feind!"

„Ich bin dein Feind?", fragte Angelos mit einem Lächeln. „Gut. Dann schläfst du heute Nacht mit einem deiner Freunde. Basta!"

„Oh Gott, bitte nein!"

54

„Du hast Glück, Alex! Christos Karipatis steht auf beiden Listen. Und er wohnt in Tourlos! Sollen wir ihm noch einen Tag gönnen mit seinem Sohn?"

„Aber er wird wissen, dass Maria die Liste angefordert hat. Das ist eine kleine Klitsche", sagte Alex.

„Nein. Maria hat das Wort ‚Steuer' erwähnt. Flüchten kann er ohnehin nicht. Hafen und Flughafen sage ich Bescheid. Aber das wird er nicht tun. Ich glaube, er wartet auf unseren Besuch!"

„Wie kommst du darauf? Er ist ein zweifacher Mörder!"

„Er wollte seinen Sohn rächen. Das hat er erreicht. Mehr wollte er nicht. Ab da war oder ist ihm alles egal. Das rechtfertigt nicht die zwei Morde. Aber das ist unsere Sichtweise!"

„Den Mord an Andritsos verstehe ich ja, aber warum die Aktion auf der Kartbahn?", fragte Alex.

„Das wird er uns freiwillig erzählen, glaube mir", antwortete Angelos.

„Da halte ich dagegen. Obwohl: die letzte Wette habe ich auch schon verloren. Was war das noch einmal?"

„Tu nicht so, als hättest du das vergessen. Du kommst nicht drum herum", sagte Angelos grinsend.
„Bitte erspare mir das!"
„Im Leben nicht!"

55

Angelos sollte sich täuschen. Ganz so einfach wie gedacht ließ sich der Fall nicht abschließen.
Alex und André fuhren auf der Uferstraße Richtung Hafen und Tourlos.
Karipatis besaß einen kleinen Mini-Market, die in Griechenland üblichen Mini-Supermärkte. Sie existieren noch heute, denn große Supermärkte waren lange Zeit verboten bzw. später streng reglementiert.
Karipatis´ Markt überlebte dank der Nähe zum Hafen. Kreuzfahrtgäste, die meinten, es sei eine gute Idee, zur Stadt zu laufen (ist es nicht), kauften bei ihm ein.

Und auch dieses Mal wälzte sich eine Masse von Touristen auf der engen Uferstraße Richtung Chora.

„Sag mal, wollte unser Bürgermeister nicht einen Fußweg bauen?", fragte Alex grinsend.

„Ich habe deinen Spott schon verstanden. Aber wie immer hat der Bürger keine Ahnung. Der dämliche Felsen gehört dem Staat und nicht der Stadt. Und Athen wollte doch tatsächlich von uns Geld für die Benutzung. Jetzt wird ein Steg über das Wasser gebaut. Aber dafür zuständig ist das Seefahrts-ministerium und dort ..."

„... liegt der Antrag ich vermute seit sechs Monaten!", ergänzte Alex und lachte laut.

„Seit neun Monaten", korrigierte ihn Angelos.

„Du bist nicht zu beneiden, Herr Bürger-meister!"

„Schon wieder Spott?"

Sie hielten vor dem Mini-Markt und gingen hinein. Karipatis´ Frau kassierte gerade eine dicke Holländerin ab.

„Was führt denn den Bürgermeister hierher?", fragte sie.

„Den Herrn Kommissar wollten sie wohl sagen. Wo ist Ihr Mann?"

Frau Karipatis entgleiste das Gesicht.

„Bei uns gibt es nichts ohne Beleg!"

„Wir sind nicht wegen der Steuer hier", sagte Alex.

„Mein Mann sitzt im Garten!"

Sie gingen durch die Hintertür nach draußen. Plötzlich spürte Angelos den Lauf einer Schrotflinte am Hinterkopf. Zwei kalte Läufe. Da bliebe nicht viel übrig, dachte Angelos. Alex zog seine Glock und richtete sie auf Karipatis.

„Nur zu. Aber Ihr Traumprinz begleitet mich!"

„Karipatis, machen Sie es nicht noch schlimmer!", sagte Alex mit beruhigender Stimme. Nur keine Eskalation.

„Papa, was machst du da? Hallo, Herr Bürgermeister!"

Karipatis´ Sohn stand plötzlich auf der Terrasse. Sofort nahm Karipatis die Flinte herunter und gab sie Alex.

„Können wir uns jetzt unterhalten?", fragte Angelos.

„Nikos! Geh und helfe deiner Mutter!"

„Also: Andritsos hat sich an Ihrem Sohn vergangen", begann Angelos.

„Nicht nur einmal. Nikos war mehrmals zu ,Schulungen' bei ihm. Ich habe mir überhaupt nichts gedacht. Bis ich das Blut in seiner Unterhose sah. Und mir auffiel, dass Nikos jedes Mal so müde war, nach dieses ‚Schulungen‘. Dieses dreckige Schwein."

„Die Müdigkeit kam vom Propofol, mit dem er die Kinder betäubt hat. So bleibt den Kindern die Erinnerung hoffentlich erspart", sagte Angelos. Ich hatte diese Gnade nicht, dachte er, aber ich war auch älter.

„Aber warum haben Sie Agrafiotis auf der Kartbahn umgebracht? Das mit den Zugseilen war zwar clever, aber letztlich hat es nichts genützt! Was hatte er damit zu tun? Hat Andritsos die Kinder irgendwie weitergereicht?"

„Nein. Damit hatte er nichts zu tun. Aber er war im Vorstand von Olympiakos!", sagte Karipatis.

„Nicht schon wieder", stöhnte Alex. „Hört das denn nie auf!"

„Sie verstehen überhaupt nichts. Mal schauen, ob Ihr Mann klüger ist!"

Du bekommst trotzdem von mir noch eine aufs Maul, dachte Alex.

„Ich bin nicht klüger als Alex", sagte Angelos. „Und warum soll ich raten? Sie erzählen es uns sowieso. Oder soll Ihr Sohn gleich jetzt erfahren, dass sein Vater ein Mörder ist?"

Angelos grinste.

Karipatis lief rot an.

„Du Schwein! Du blöde Schwuchtel!"
Er hatte noch nicht ausgeredet, da knallte Alex´ Faust in sein Gesicht.
„So und jetzt versuchen wir es noch einmal", sagte Alex.
Karipatis wischte sich das Blut von der Oberlippe.
„Ich hatte Agrafiotis alles über Andritsos erzählt!"
„Und gehofft, er unternimmt etwas!", sagte Angelos.
„Er hatte es versprochen!!"
„Aber er wollte den Ruf von Olympiakos nicht schädigen und hat nichts getan!"
„Weil er vom großen Chef Geld für seine blöde Kartbahn bekam. Das habe ich aber erst erfahren, *nachdem* ich mit ihm gesprochen hatte. Mir war klar: Andritsos würde so weitermachen können. Und sich an noch mehr Kindern vergehen!"
Angelos schnaubte.
„Den edlen Ritter nehme ich ihnen nicht ab. An die anderen Kinder haben Sie nicht einen Moment gedacht. Es ging Ihnen nur um eines: Rache. Und das ist kein edles Motiv. Selbst wenn es um den eigenen Sohn geht! Ich gebe Ihnen noch bis heute Nachmittag Zeit, sich von Ihrer Frau und Ihrem Sohn zu

verabschieden. Um drei sind Sie bei Maria auf
der Polizei. An Flucht sollten Sie lieber nicht
denken!"
„Wo sollte ich denn hin?"

56

„Klar. Als Mechaniker wusste er natürlich von
dem Besuch des Vorstands und damit seines
Chefs!", sagte Alex im Auto.
„Jup. Und der ganze Fan-Kram hatte damit
nichts zu tun. Und der Schläfer auch nicht",
antwortete Angelos.
„Ist es nicht toll? Zunächst bist du der Herr
Bürgermeister und wenn es für den anderen
unangenehm wird, dann bist du die ‚blöde
Schwuchtel'!"
„So ist es. Nichts hat sich geändert. Die
angebliche Toleranz ist eine Fassade, dahinter
stecken die gleichen Vorurteile und derselbe
Hass wie früher. Jup, so ist das!"

„Sag mal. Kannst du bitte das ‚Jup' lassen?
Du bist doch keine achtzehn mehr",
beschwerte sich Alex.
„Wir könnten nach Hause fahren zu einem
Mittagsquickie", sagte Angelos.
„JUP!", kam es von Alex.
Angelos grinste.
„Dachte ich es mir doch!"

57

„Gut. Bist du bereit?", fragte Angelos.
„Klar", schrie Alex aus dem Wohnzimmer.
Angelos kam die Treppe herunter.
„Igitt. Du siehst schrecklich aus", sagte Alex.
„Der Versuch geht ja schon gut los",
antwortete Angelos, der sein rot-weißes
Olympiakos-Trikot trug. Alex hingegen hatte
das grüne Shirt von Panathinaikos an.
Heute war es (wieder) soweit. Olympiakos
spielte gegen Panathinaikos in der
griechischen Super-League.

Bisher schauten die beiden Herren Nikakis das Derby in getrennten Räumen und sprachen hinterher auch nicht über das Gesehene.

Ein Verfahren, dass bei unterschiedlichen Fanpräferenzen für eine Ehe überlebenswichtig sind.

„Mit dem Unsinn sollten wir aufhören. Wir sind ja erwachsen." Und so schlug Angelos vor, einen Versuch zu starten, *das* Spiel gemeinsam zu schauen.

So saßen nun im Haus in Ornos ein Roter und ein Grüner auf der Couch vor dem Fernseher. Trotz des Erlebten und des erschütternden Einblicks in die Welt des Fußballs, konnten beide schlicht nicht aus ihrer Haut.

Anpfiff. Und wie in vielen dieser Spiele dauerte es nicht lange, bis Olympiakos einen Elfmeter zugesprochen bekam.

„Betrug! Das war niemals ein Handspiel. Das war die Brust! Schau hin", schrie Alex.

„Natürlich. Seit wann hat eine Brust fünf Finger? Da gibt es nichts zu deuteln", gab Angelos zurück.

Der Torhüter bewegte sich zu früh. Deswegen wurde der (verschossene) Elfmeter wiederholt. Alex´ Blutdruck erreichte die 200er-Grenze. Und natürlich begann es im Block der Panathinaikos-Fans zu brennen. Bengalos.

„Lauter Asoziale", knurrte Angelos.

„Bei so einer Farce würde ich auch Fackeln werfen!", antwortete Alex.

„Schöner Polizist!"

„Schau mal, Angelos!"

Zu sehen war der Vorstand von Panathinaikos auf der Tribüne. Mit einem neuen Gesicht. Migiakis. Der Schläfer.

„Na endlich sitzt er an der richtigen Stelle", knurrte Angelos. „Verräter!"

„Was ist mit ihm eigentlich passiert?", fragte Alex. Man hatte im Hause Nikakis den Fernseher vier Tage lang nicht angemacht, ebenso hatte man das Internet links liegen gelassen. Mediale Steinzeit. Ruhe.

„Nach der Enttarnung wurde er aus dem Vorstand von Olympiakos entlassen und in derselben Minute von Panathinaikos aufgenommen oder besser: wieder aufgenommen", sagte Angelos.

„Und wieso sind beide Arme im Gips?"

„Weil der Herr am Tag nach der Entlassung nachts in einer Gasse Bekanntschaft mit einer Eisenstange gemacht hat!"

Angelos grinste und ergänzte:

„Mich wundert, dass man ihn am Leben gelassen hat. Eigentlich schade. Aber das

zeigt, dass *wir* andere Meinungen respektie-
ren!"

Alex prustete los.

„Wollen wir nicht lieber richtigen Sport
betreiben?", fragte Angelos.

„Gerne. Den nächsten Elfmeter versenke ich!"

„Überschätze dich nicht. Deine Kondition ist
nicht die beste!"

Angelos grinste.

Und Alex meinte: „Unverschämtheit. Das Spiel
geht in die Verlängerung!"

Prolog Band 11

Willy schaute aus dem Fenster und strahlte. Nach zwei Tagen mit stürmischem Wind und schlechtem Wetter, hatten sich die Wolken verzogen.

Die Dämmerung wich dem Tag und der Himmel wurde zusehends blau. Der Wind aber hatte die optimale Stärke, Nordwind 5. Bessere Bedingungen gab es für Surfer auf Mykonos nicht. Und Surfen auf Mykonos hieß: Kalafati im Südosten der Insel. Das Mekka der Mittelmeer-Surfer. Natürlich: richtige Profis zog es an die Atlantikküste, nach Portugal, aber wer Party und Surfen mochte, war hier genau richtig.

Es würde sein Tag werden. Erst ein bisschen Surfen und dann danach die Bude öffnen. Heute würden schon ein paar Touristen kommen, die meisten davon Anfänger und für die war die Brise fast schon zu stark.

Aber egal, zahlende Kundschaft, die die Verluste der letzten Tage ausgleichen würden. Da aber Mykonos-Urlauber grundsätzlich und bei allem später dran sind, als in anderen Urlaubsorten, würde vor 10.00 Uhr niemand kommen. Schon der Bus braucht von der

Chora bis Kalafati gut 45 Minuten im Morgenverkehr.

Aber das passte Willy gut in den Kram. Seit zwanzig Jahren hatte er seine Surferbude direkt an der Straße, die am Strand vorbeiführte. Konkurrenz hatte er keine, für zwei Surfschulen gab es zu wenig Kundschaft.

Zwanzig Minuten später stand Willy auf dem Brett und genoss es. Die Bedingungen waren ideal und er fühlte sich in seine Anfangsjahre auf Mykonos zurückversetzt. Damals, als ihn jeder für verrückt erklärte, an dieser verlassenen Bucht einen Surfbrett-Verleih und eine Surfschule zu eröffnen. Die ersten Jahre waren wirklich hart. Es gab nicht einmal eine Busverbindung und so kamen nur einige Reisende per Auto. Aber Willy war ein genügsamer Mensch, der außer seine Bretter, Sonne und Meer nicht viel brauchte, um zufrieden zu sein. Anfangs schlief er sogar in seiner Holzbude. Nicht, um seinen Besitz zu schützen, denn gestohlen wurde damals nichts. Er konnte sich eine Wohnung schlicht nicht leisten.

Über die Jahre hatte sich das Geschäft etabliert, dass es für ein größeres Zimmer am Berghang reichte. Willy war mit sich im Reinen.

Auch an diesem Morgen.

Er paddelte wieder hinaus, denn er wusste: am nächsten Tag würde wieder Ebbe herrschen in Sachen Wind. Es war nun mal kein Hot Spot für Surfer wie Nazaré mit stets perfektem (windigen) Wetter.

300 Meter vom Strand entfernt stieg er wieder auf das Brett, um die nächste große Welle zu erwischen. Im Aufrichten begriffen, erfassten seine Augen ein weiteres Surfbrett.

Ungewöhnlich war, dass der Brother keine Anstalten machte, nach draußen zu paddeln. Wo er jetzt liegt, kriegt er höchstens ein Weilchen ab, dachte Willy – und schon war seine Welle weg und riss ihn fast herunter. Verfluchte Neugier. Er glaubte zu sehen, dass der andere Surfer lächelte. Idiot.

Aber Willy hatte Glück. Keine 200 Meter weiter draußen schäumte es. Das war die bisher größte Welle des Morgens. Muss ich diesem Idioten gar noch dankbar sein, dachte Willy. Konzentrier dich, sonst verbockst du es wieder. Er richtete sich wieder auf, als er plötzlich eine Art Flirren hörte. Im nächsten Moment spürte er einen furchtbaren Schmerz. In der letzten Sekunde seines Lebens blickte er nach unten und sah, dass in seinem Bauch ein Pfeil steckte, mit einer Leine daran.

Nein, Willy, das ist kein Pfeil. Das ist eine Har …
Willy hatte recht. Es war tatsächlich eine
Harpune, die seinen Körper regelrecht
durchschlug, denn die Spitze trat am Rücken
wieder aus.
Schon bevor er auf dem Wasser aufschlug,
war Willy tot.
Der andere Surfer paddelte in Seelenruhe zum
Strand von Kalafati. Er hatte es nicht eilig.
Warum auch? Es war keine Menschenseele zu
sehen.

Paul Katsitis – Die Maske

Nach einem Banküberfall erschießt Alex einen der
Räuber auf der Flucht. Da er ihn ohne Vorwarnung in
den Rücken geschossen hat, steht er bald unter
Anklage.
Im Schatten des Prozesses gelingt es einem neuen,
besonders brutalen Drogenhändler, genannt „Máská",
sein Netzwerk auszubauen. Und er zögert auch nicht,
als sich ihm die Gelegenheit bietet, Kommissar a.D.
Angelos Nikakis aus dem Weg zu räumen.

Paul Katsitis – Die Bestie von Mykonos

Zwei Kriminalbeamte, Alexandros und Angelos,
quittieren den Dienst und eröffnen gemeinsam auf
Mykonos eine Bar. Nebenher betreiben sie eine
kleine Privat-Detektei. Da die Polizei chronisch
unterbesetzt ist, werden Alex und Angelos –
wegen ihrer Erfahrung - regelmäßig hinzugezogen.
Mykonos ist in Aufruhr. Offensichtlich foltert,
vergewaltigt und tötet ein Mann junge Touristen.
Um ihn zu stellen, bleibt nichts anderes übrig, als
dass Angelos den Lockvogel spielt – mit
furchtbaren Konsequenzen ...

Paul Katsitis – Rache

Im Kloster Ano Mera auf Mykonos wird ein Priester tot aufgefunden, dessen Leiche übel zugerichtet ist. Es sieht nach einem Rachemord aus – doch wofür?

Paul Katsitis - Hass

Es ist ein besonderer Fall für die beiden Ermittler Alex und Angelos Nikakis. Die Leiche eines jungen Mannes wird in den Dünen gefunden. Am und im Körper des Toten findet sich die DNA von Angelos.
Er wird verhaftet. Zuerst geschockt von der Möglichkeit, dass Angelos Es ist ein besonderer Fall für die beiden ihn betrogen hat, beschließt Alex, den Beweisen nicht zu glauben.
Und hat Recht. Hinter allem steht nur eines:

Paul Katsitis – Inzest

Ein Bräutigam, der sich am Tag der Hochzeit vom Balkon stürzt und eine Mädchenleiche in einer Wagenpresse. Zwei Fälle für die beiden Ex-Kommissare Alex und Angelos Nikakis Zwei Fälle, die sich nach und nach aufeinander zu bewegen.

Paul Katsitis – Der-Drei-Sterne-Mord

Im besten Restaurant der Insel wird der Chefkoch, ehemals Leibkoch Gaddafis, mit durchschnittener Kehle aufgefunden. Ein schwieriger Fall für Alex und Angelos, zumal die eigene Familie mit beteiligt ist. Der Fall erfährt eine erstaunliche Wendung, als die beiden Ermittler erfahren, dass der britische Außenminister Mykonos besucht – auf dem Landsitz des griechischen Premierministers.

Paul Katsitis - Tattoo

Zwei Highlights stehen auf dem Programm des Wochenendes: ein hochdotiertes Beachvolleyball-Turnier und die Eröffnung der ersten Spielbank auf der Insel.
Nicht ins Programm passen zwei Tote: ein 19-jähriger Junge und einer der Beachvolleyballspieler. An dessen „natürlichem Tod" haben die Ermittler Alex und Angelos so ihre Zweifel.

Paul Katsitis – Skalpell

Am Strand von Ornos wird eine Frauenleiche gefunden. Es ist die Tochter des Bürgermeisters. Der Leiche fehlen Nieren und Leber.
Doch es geht bei der Mordserie nicht nur um Organe, wie die beiden Ermittler Alexandros und Angelos Nikakis bald feststellen. Es existiert ein komplexes Netzwerk, das verschiedene kriminelle Felder abdeckt, und so mancher Inselbewohner ist darin verstrickt

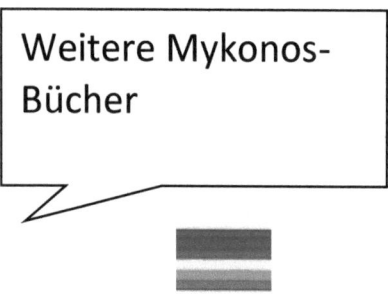

Weitere Mykonos-
Bücher

MYKONOS LOVE STORY 1
Von Michael Markaris

Die brennende Gestalt taumelte und fiel mit einem
Zischen zu Boden. Ein letztes Stöhnen und es war
vorbei. Kommissar Paul Pandis steht vor einem Rätsel.
Ein gewöhnlicher Buschbrand entpuppt sich als
Doppelmord.
Doch Pandis hat noch ein Problem:
Er hat sich verliebt. In seinen Kollegen Angelos. Ein
Coming-Out mit 53!
Sein Leben wird zur Achterbahn, aber auch zur
glücklichsten Zeit seines Lebens.

MYKONOS LOVE STORY 2
Das Goldene Ei

High Society wie die Kunstwelt blicken nach Mykonos.
Ein bisher verschollen geglaubtes Zaren-Ei soll auf der
Insel ausgestellt werden.
Ein Sicherheits-Alptraum für Kommissar Paul Pandis.

Dennoch: zumindest keine Mordermittlung.
Zunächst.
Dann wird auf einer Yacht eine weibliche Leiche
gefunden. Es ist Pandis´ Ex-Frau.
Und die war zuvor wenig begeistert davon, dass Pandis
nun mit einem Mann verheiratet ist.

MYKONOS LOVE STORY 3
Morgenröte über Mykonos

Er lag mit dem Rücken auf etwas und war gefesselt.
Was war hier los?
Ich bin doch nur ein Tourist?
Es muss ein Missverständnis sein.
Er konnte sich nur an einen Schlag erinnern.
Dann das große Nichts. Er hörte Schritte.
Chrysi Avgi, es lebe die Goldene Morgenröte!"
Dann hielt einer der Männer seinen Kopf hoch.
Der andere rammte ihm zwei dünne, orthodoxe
Gebetskerzen in die Nase.

Kommissar Pandis und die ganze Insel sind fassungslos
angesichts zweier brutaler Morde. Die Spur führt ihn zur
„Goldenen Morgenröte", einer rechten Splitterpartei.
Und für Pandis und seinen jungen Ehemann Angelos
wird es richtig gefährlich, denn als Schwule sind sie das
„Hassobjekt No.1!"

MYKONOS LOVE STORY 4
Mykonos Speed

Gas, Gas, Gas!
Der Motor röhrte.

Die Reifen qualmten.
Dann bekamen sie Grip.

Der Ferrari wurde immer schneller.
Passierte das Ortsschild.
Vor ihm der große Kreisverkehr.

Pedal, kein Druck, Erstaunen.
Pedal, kein Druck, Panik.
Dann flog er über das Geländer und krachte in das
Denkmal.
8 Min 42 Sekunden von Ano Mera.
Das war neuer Rekord. Es war sein letzter.

Kommissar Paul Pandis und Ehemann Angelos halten es
zunächst für einen Verkehrsunfall. Das Unangenehme:
Das Opfer ist der Sohn des Bürgermeisters. Doch der
Wagen war gestohlen. Und es ist beileibe nicht der
erste verschwundene Ferrari auf der Luxus-Insel.

Und eine weitere schwere Prüfung steht Pandis bevor:
Angelos´ Eltern kommen zu Besuch.

MYKONOS LOVE STORY 5
Rape

Angelos ertappt Paul bei einem vermeintlichen
Seitensprung – ausgerechnet mit seinem Bruder Christos
– und verlässt Paul.
Als sich herausstellt, dass sie Opfer einer Intrige wurden,
wird Angelos´ Bruder tot aufgefunden.

Und Angelos wird als mutmaßlicher Mörder verhaftet.
Ein sehr persönlicher Fall für Kommissar Paul Markaris,
(früher Pandis), in dessen Verlauf er selbst zum Opfer
wird – einer Vergewaltigung.

MYKONOS LOVE STORY 6
Der rosa Leopard

Die beiden schwulen Ermittler Alex und Angelos
nehmen die ersten Anzeichen nicht ernst. Doch als
immer mehr Partygäste auf Mykonos Opfer einer neuen
Superdroge werden, kommen sie den Händlern schnell
auf die Spur. Problem: Es sind Libyer von unvorstellbarer
Brutalität.
Zuvor muss das Ehepaar Markaris noch eine weit
schlimmere Klippe meistern: nach einem Einsatz in Athen
- bei einer Geiselnahme -begeht Angelos einen
Seitensprung – mit einer Frau. Das große Glück scheint
vorbei.

MYKONOS LOVE STORY 7 Fortsetzung des
„Rosa Leoparden"

RÜCKKEHR DER LEOPARDEN

Noch immer sind Paul und Angelos, die beiden
schwulen Ermittler aus Mykonos, hinter den libyschen
Drogenhändlern her, die die Insel mit einer neuen
Substanz überschwemmen. Und mit Folterdrohungen
ganz Mykonos in Angst und Schrecken versetzen.
Doch dann wird Angelos entführt und gefoltert.

Als sich Paul auf die Suche begeben will, geschieht auf Mykonos ein Mord auf einem Kreuzfahrtschiff.
Was hat Priorität für Kommissar Markaris?
Natürlich sein Mann …

MYKONOS LOVE STORY 8
Crash – Absturz!

Beim Landeanflug auf Mykonos zerschellt ein Airbus. Ein Horror für Kommissar Alex Markaris und seinen Ehemann Angelos, denn wie sollen zwei Ermittler und drei Inselpolizisten eine solche Katastrophe bewältigen? Zumal im Laufe der Untersuchungen klar wird: es war kein Unfall.

Auch privat geht es bei den beiden turbulent zu: Angelos stürzt – Verdacht auf Schädel-Hirn-Trauma.

MYKONOS LOVE STORY 9
Der tote Pelikan

Auf Mykonos ist man entsetzt: das Maskottchen der Insel – der Pelikan Petros – wurde massakriert. Als Alex und Angelos, die beiden schwulen Ermittler, den Täter aufspüren, hat dieser sich schon erhängt. Es ist der 17-jährige Enkel des örtlichen Richters, der kurz zuvor Angelos seine Liebe gestand.
Als hätte Alex damit nicht schon genug am Hals: er hat auch noch Geburtstag und wird 54. Aber sein Ehemann, 28, zieht alle Register, um es keinen Trauertag werden zu lassen.

MYKONOS LOVE STORY 10
Photià-Feuer

Vor einem Beachclub findet man den Kopf des
Friedhofsgärtners von Mykonos.
Leicht zu transportieren, denkt Kommissar Alex Markaris.
Andererseits: wenig zu obduzieren.
Und dieser Mord kommt Markaris äußerst ungelegen.
Denn zwei Tage, nachdem er und sein Mann Angelos
in ihr gemeinsames Haus eingezogen waren, brannte
es ab. Angelos wäre beinahe ums Leben gekommen.
Und: es war Brandstiftung!

MYKONOS LOVE STORY 11
Der tote Archäologe

Paul und Angelos verschlägt es bei diesem Fall auf die
historische Nachbarinsel Delos. Dort wird ein
Archäologe erschlagen aufgefunden. Doch was ist der
Grund dafür? Ein spektakulärer Fund? Als sich die
Ermittler an die Täter herantasten, wird auch noch
Angelos´ Mutter entführt.

JENSEITS VON MYKONOS
von Sven M. Schlick

Es war vorbei.
Seine Füße begannen zu versagen.

Immer wieder Wasser. Salzwasser. Es rann die
Speiseröhre hinunter und brannte im Magen.
Sehen konnte er auch nicht mehr viel. Das Salz brannte
auch in den Augen.
Er merkte, dass er immer öfter unterging.
Wer hat mich verraten? WER?
Dann kam die Erkenntnis: Es ist egal. Denn Du bist tot.

Kommissar Paul Pandis steht ratlos in einer Kunstgalerie.
Auf einer Skulptur, einem blauen Stier, hängt eine
Leiche, der Galeriebesitzer.